LLADD AMSER

Lyn Ebenezer

Gwasg
Gwynedd

Argraffiad Cyntaf — Ebrill 2006

© Lyn Ebenezer 2006

ISBN 0 86074 227 X

*Cyhoeddwyd ac argraffwyd
gan Wasg Gwynedd, Caernarfon*

CYFLWYNEDIG
I
JANET

CROESO I'R TEULU

Cydnabyddiaethau

Paralyzed gan Otis Blackwell/Elvis Presley.
Elvis (Rock 'N Roll No 2).

How Little We Know gan Johnny Mercer/Hoagy Carmichael.
Warner Bros Inc.

Ysbryd y Nos gan Hefin Elis/Cleif Harpwood.
Recordiau Sain.

Diolchiadau

Hoffwn ddiolch i Wasg Gwynedd am gomisiynu'r
nofel hon ac am waith glân a destlus fel arfer.

Diolch i Sion Ilar am ei glawr trawiadol
ac i Gordon Jones am ei gywiriadau
a'i awgrymiadau gwerthfawr fel golygydd.

A diolch i Dduw am roi cweir i'r Diafol unwaith eto.

Rhagair

Aeth wyth mlynedd heibio ers i mi gyhoeddi *Merch Fach Ddrwg*, cyfrol o bedair stori fer-hir iasoer. Ond mae'r diddordeb sydd gen i yn y maes yn parhau. Bedair blynedd yn ôl dyma ddarllen stori yn y *Daily Telegraph* am ddyn a oedd wedi cychwyn busnes fel bwriwr cythreuliaid. Taniodd hynny fy nychymyg ar unwaith.

Yr hyn a apeliodd ataf fi yn y stori oedd mor agored oedd y fath wasanaeth i dwyll. Medrwn ddychmygu rhywun diegwyddor yn gwneud yr un swyddogaeth ond gan fynd ati i greu ei ysbrydion a'i fwganod ei hun er mwyn gwella'r busnes. Hynny yw, dychmygwn y gallai'r swyddogaeth fod yn berffaith ar gyfer twyllwr.

Yna, a'r gyfrol hon bron iawn yn y wasg darllenais am achos llys yn y *Daily Mail* lle'r oedd seicig proffesiynol yn wynebu llys am ffugio ewyllys hen ŵr. Roedd hwn wedi gwneud ffrindiau â'r hen ŵr ac wedi ffugio ewyllys a fyddai'n gadael hanner yr arian yn yr ewyllys i'r seicig ei hun. Dywedodd wrth blant yr hen ŵr i'w tad, yn ystod seans, ddatgelu wrtho fod ewyllys newydd wedi ei chuddio y tu ôl i gloc tad-cu yn y tŷ. Aeth y plant i chwilio, ac oedd, roedd ewyllys mewn hen amlen felen wedi ei chuddio yno, yn union fel y proffwydodd y seicig. A datgelai'r ewyllys fod hanner ei arian i fynd i'r seicig.

Teimlodd y plant amheuaeth ac archwiliwyd yr ewyllys

gan arbenigwr ar lawysgrifen. Cafwyd mai ysgrifen y seicig ei hun oedd ar y ddogfen. Fe'i herlynwyd a'i gael yn euog a'i garcharu.

Mae'r byd seicig yn agored i dwyllwyr, wrth gwrs, fel y mae unrhyw faes yn agored i dwyllwyr. Ond mae yna wahaniaeth mawr. Pan gaiff seicig ffals ei ddal caiff y byd seicig ei hun ei gondemnio. Ond pan geir rheolwr banc yn euog o ddwyn o'i fanc ei hun, ni chondemnir y byd bancio'n gyffredinol.

Does gen i ddim teimladau cryfion y naill ffordd na'r llall am y byd seicig. Teimlaf fod yna bethau nad oes iddynt esboniad syml. Gan fy mod yn credu ym modolaeth Duw, rhesymol a rhesymegol hefyd yw credu ym modolaeth y Diafol.

Hyd yma, ni ddewisais eistedd mewn seans. Rwy'n ormod o gachgi i hynny. Ac mae yna gymaint o bethau yn y byd y byddai'n well gen i beidio â gwybod amdanynt. Ond ceir gormod o dystiolaeth gadarnhaol i wrthbrofi fod ganddom oll bwerau seicig – ddim ond i ni eu datgloi.

Dywedir fod pwerau seicig yn rhan naturiol o gyfansoddiad baban ond fod y pwerau hynny'n diflannu dros amser am nad yw'r baban, wrth dyfu, yn dibynnu arnynt. Dywedir fod y pwerau hyn yn para yn rhan o gyfansoddiad yr Aborijini gydol ei oes: hynny am ei fod yn ddibynnol arnynt. Ac yn sicr, mae'r ddawn seicig yn rhan o gyfansoddiad creaduriaid. Fe'i gwelais fy hun mewn cŵn a chathod.

Pan gychwynnais ysgrifennu'r nofel, gwyddwn yn union ble byddwn i'n cychwyn a ble byddwn yn gorffen. Doedd gen i ddim syniad beth a ddigwyddai rhwng y ddau begwn. Yna penderfynais ychwanegu llinyn arall i rediad y stori. Achosodd hynny i'r cychwyn symud ymlaen ac i'r diwedd symud yn ôl wrth i mi greu cychwyn a diwedd newydd. A dim ond wedi i mi orffen y sylweddolais i mi greu nofel a oedd yn wrthdaro rhwng meddygaeth fodern* a hen wyddor dywyll yr ocwlt, rhwng datblygiad deallusol dynoliaeth a'r hen bwerau sy'n dal i lechu yng nghorneli tywyll seleri'r meddwl. Wn i ddim sut aeth y storïau i wahanol gyfeiriadau. Yn dilyn ambell noson ddigwsg, codwn yn y bore a mynd ati i ysgrifennu bron iawn yn awtomatig. Teimlwn fel petai rhywun neu rywbeth yn fy arwain. Mae'r rhan o'r stori sy'n sôn am hoffter dau gymeriad o ffilm arbennig, gyda dywediad o'r ffilm honno, wedi dod yn hollbwysig i rediad y nofel. Wn i ddim hyd y dydd heddiw sut ddaeth y syniad i fy meddwl. Cofiaf i mi godi un bore a'r syniad yn corddi yn fy mhen. Ond o ble daeth y syniad? Mae'n dal yn ddirgelwch.

Mewn stori iasoer sy'n ymwneud â'r goruwchnaturiol mae'r rysáit yn ddigon syml. Mae'n olrhain y dewis sydd gan bob un ohonom. O ddewis rhwng Duw a Satan mae ganddom y gallu posibl o ehedeg i fyny i'r uchelderau fry neu suddo i'r dyfnderoedd eithaf. Ni sy'n gwneud y dewis. Fel y dywedodd G. K. Chesterton unwaith, nid epa dyrchafedig yw dyn ond yn hytrach angel syrthiedig.

O ran stori iasoer, ymgais yw'r nofel hon i greu cyfuniad o stori seicolegol fodern mewn gwisg Gothig. Cyfuniad, os mynnwch, o Stephen King a H. P. Lovecraft, o arddull ffilm fel *The Sixth Sense* ac un o ffilmiau cwmni Hammer. Düwch y meddwl a chochni gwaed.

Cofiaf gael profiadau arswydus mewn hunllefau nosol wrth i mi ddarllen nofel Stephen King, *Pet Sematary*. Ond wrth fynd ati i ysgrifennu hon, llwyddais am y tro cyntaf erioed i godi ofn arnaf fy hunan wrth ysgrifennu. Wrth i mi ysgrifennu am y ddefod ar gyfer codi ac esgymuno ysbryd, codais i gloi drws y cefn. Rhag ofn. A gofalais fod y gath yn gwmni i mi.

Arferai un o'm harwyr mawr, Tommy Cooper, ddweud: 'Mae'n rhaid i fi chwerthin. Rwy'n gwybod beth sy'n dod nesaf.' Yn achos y nofel hon fe wnes i arswydo am fy mod innau'n gwybod beth oedd yn dod nesaf. Ond ddim yn y drefn gywir.

Beth bynnag, o'i darllen, cysgwch yn dawel. Ond clowch y drws. A chymerwch gipolwg yn y wardrob a than y gwely. Rhag ofn. Wnes i ddim cysgu'n dawel wrth i mi ei hysgrifennu. Ond rwy'n cysgu'n well erbyn hyn o'i gorffen. Ond wn i ddim am ba hyd. Mae'r postman newydd alw gyda chopi o nofel ddiweddaraf Stephen King sy'n sôn am fodau arallfydol sy'n goresgyn y byd drwy sglodion ffôn poced. A nawr mae fy ffôn poced i newydd ganu. Dydw i ddim yn meddwl y gwnaf ei ateb.

LYN EBENEZER

---

*Dylwn nodi yma fod Benzodiazepine a Midazolam yn gyffuriau cydnabyddedig a'u bod yn gwbl ddiogel i'w cymryd o dan oruchwyliaeth feddygol. Fel pob cyffur, maent yn beryglus o'u gorddosio.

LLADD AMSER

She looked at me, began to smile,
Said, 'hey, hey man, can't you wait a little while?'
No, no, babe, I got blood in my eyes for you,
No, no, babe, I got blood in my eyes for you.
Got blood in my eyes for you, babe,
I don't care what in the world you do.

Traddodiadol

Y Clafychwr

Mae Hi'n dod. Ydi, mae Hi'n dod heno eto. Bob nos fel y cloc. Mae'n rhaid, felly, ei bod hi'n hanner nos. Dewiniol dymp y nos. Mae Hi'n nesáu. Fe fedra i ei chlywed Hi'n dod. Slwtsh! Slwtsh! Bron na fedra i ei harogli Hi o'r fan hyn.

Dacw Mam yn dŵad dros y gamfa wen, rhywbeth yn ei ffedog a phiser ar ei phen. Ond nid Mam yw hon. O, na, nid Mam sy'n dod. Fe fydde Mam bob amser yn gwynto o arogl losin mint. Mae hon yn arogli fel rhywbeth sydd wedi hen farw.

Pam mae'n rhaid iddi ddod fel hyn bob nos? Pam na wnaiff Hi adael llonydd i fi? Ond yn fwy na dim, pwy yw Hi? Neu'n hytrach, beth yw Hi?

Dacw Hi yn dyfod yn ei hamwisg wen, gwaed yn lliwio'i ffedog a heb fod ganddi ben. Slwtsh! Slwtsh! Mae'r Peth yn dod heno eto. A does dim byd fedra i ei wneud i'w hatal Hi. Dim.

Nyrs! Nyrs! Dewch glou! Dim sôn am blydi nyrs pan mae ei hangen hi. Pan nad oes ei hangen hi, fe fedrwch fod yn siŵr y bydd yma dair ohonyn nhw. Yn union fel bysys Llunden. Mae 'na gloch wrth fy mhenelin i. Dim ond gwasgu'r botwm, ac fe ddeuai'r nyrs. Ond fedra i ddim o'i gwasgu. Rwy'n gwbl ddiymadferth. Mae hi'n hanner nos ac mae'r Peth yn nesáu. Nyrs, er mwyn Duw, dewch glou!

Wn i be wna i. Fe wna i feddwl am rywbeth arall. Falle aiff hi oddi yma wedyn a gadael llonydd i fi. Ceisiaf gofio rhywbeth. Canolbwyntio fy meddwl yn llwyr ar gofio rhywbeth.

Yr Arglwydd yw fy mugail . . . ni bydd eisiau arnaf. Na, mae hi'n dal i lusgo lawr y coridor.

Help! Nyrs! Help, unrhyw un! Oes 'na rywun sy'n clywed? Slwtsh! Slwtsh! Mae hi'n nesáu. Cyn hir fe fydd Hi'n plygu dros fy ngwely, a'r arogl yna'n llenwi fy ysgyfaint. Fe fydd ei hanadl Hi'n gwenwyno fy ffroenau fel awel sy'n chwythu drwy fynwent. Arogl pydredd. Arogl cnawd yn dadfeilio. Arogl madredd. Gwynt cysgod angau.

Efe a wna i mi orwedd . . . i orwedd . . . i orwedd . . . Gorwedd yn llonydd. Gorwedd heb symud. Gorwedd fel corff.

Porfeydd gwelltog. Cysgod angau. Canys yr wyt Ti gyda mi. Ti! Dos o'ma! Ti, sy'n fy ymlid holl ddyddiau fy mywyd . . .

Nyrs! Help! Mae Hi bron iawn yma!

A phreswyliaf yn nhŷ'r bwystfil yn dragywydd . . .

* * *

Gorweddai'r dyn ar wastad ei gefn mewn ward ysbyty a oedd yn seintwar antiseptig. O'i gwmpas tynnwyd sgrin o lenni gwyrddion; corlan o ffens ffabrig i'w guddio rhag llygaid y byd mawr y tu allan. Ac i gadw'r byd mawr y tu allan rhagddo ef. Roedd popeth yn dawel. Dim sŵn ar wahân i ganu grwndi isel y system awyru.

Ymddangosai'r claf, a oedd yn adran gofal seiciatrig dwys yr ysbyty, yn gwbl lonydd. Ar wahân i'r gwrid ysgafn ar ei wyneb, doedd dim byd i awgrymu ei fod e'n fyw. Ac eto, roedd e'n fyw. Fedrai neb gamgymryd hwn am ddyn marw. Er ei fod e'n gorwedd yn llonydd, mor llonydd a disymud â chorff, roedd hi'n amlwg fod yna ryw gynnwrf

16

o dan y llonyddwch. Roedd e'n anymwybodol, oedd, yn ystyr diffiniad geiriadur. Ond cerddai rhyw drydan drwyddo. Os oedd ei gorff e'n ymddangosiadol ddigyffro, roedd ei enaid yn troi ac yn trosi'n aflonydd ac yn anniddig fel aderyn gwyllt mewn cawell.

Dyna'r teimlad a gâi Alys Wilson wrth syllu ar y claf a orweddai yn Ysbyty'r Meddwl, Llwyn yr Eos. Dadfachodd Alys y clipfwrdd o waelod ei wely a'i godi. Nodai'r manylion fod James Humphreys wedi bod yn glaf yno ers tair wythnos bellach. Nodai'r manylion ymhellach nad oedd unrhyw broblem glinigol arwynebol gan y claf. Cofnodwyd fod ei dymheredd yn gwbl sefydlog. Ac wrth edrych arno gwelai Alys ei frest yn codi ac yn gostwng yn ysgafn ond yn gyson. Fel pob un o gleifion Llwyn yr Eos, yn y meddwl oedd y gwenwyn, yn ddwfn ym mherfeddion yr ymennydd.

Clywodd Alys ddrws awtomatig y stafell yn siffrwd wrth iddo lithro'n agored, ac yna'n cau y tu ôl i'r ymwelydd. Swniai fel ochenaid o dristwch. Tynnodd Alys y sgrin yn ôl yn rhannol a gwelodd Martin yn sefyll o'i blaen. Cerddodd tuag ato, y clipfwrdd yn dal yn ei llaw. Gwenodd y Doctor Martin Andrews arni, gwên a oedd yn gymysgedd o gariad a chwant. Mwy o chwant nag o gariad. Y tu ôl i gysgod y sgrin, cydiodd amdani gan beri cymaint o syndod iddi nes i'r clipfwrdd ddisgyn o'i llaw.

'Martin, mae yna le ac amser i bopeth.'

Tynnodd ei hun yn rhydd o'i afael, twtiodd ei gwallt melyn lliw gwenith ac edrychodd dros ei hysgwydd ar y claf.

'Alys fach, r'yn ni'n berffaith saff o ran hwnna. Mae e mor anymwybodol fel y medren ni ddawnsio'n noeth o gwmpas ei wely tra'n canu "Bing-bong-be" heb iddo fe fod ddim callach. Ac ar hyn o bryd mae e'n cysgu'n drwm, beth bynnag. Mae e'n dal dan effaith y dos diweddaraf o dawelyddion.'

'Ond dyw e ddim y peth iawn i'w wneud, ydi e? Fe allai rhywun ddod mewn.'

'Does neb o'r staff nos ar gyfyl y ward. A does dim perygl y daw unrhyw ymwelydd i holi am iechyd Jim Humphreys. Does neb wedi dod i'w weld e yn ystod y tair wythnos mae e wedi bod yma. I bawb ond ni, fe allai fod yn Mistyr Neb. Fel y dywedodd rhyw fardd unwaith, "Ei enw gawn, dyna i gyd".'

Ond er gwaetha'i wfftio fe adawodd Martin lonydd i Alys a chodi'r clipfwrdd oddi ar y llawr. Brwsiodd ei lygaid dros y manylion cyn hongian y darn plastig yn ôl ar y reilen uwchben troed y gwely.

'Wn i ddim be wnawn ni â hwn. Does dim un arwydd ei fod e'n gwella o gwbwl. Mae e mor ddwfn yn ei drawma nawr â'r diwrnod y'i cariwyd e i mewn yma.'

'Mae hynna'n ddealladwy o gofio be ddigwyddodd i'w bartner e. Petait ti'n cael dy ddarnio mewn damwain car, fe fyddwn innau mewn trawma hefyd.'

'Diolch am dy gonsýrn. Ond yr hyn sy'n fy nrysu i yn llwyr yw'r posibilrwydd i Jim Humphreys fynd i drawma cyn iddo fe glywed fod ei bartner wedi'i lladd. Ac os yw hynny'n wir, rhaid gofyn beth achosodd y trawma yn y lle cyntaf. Beth bynnag sy'n ei boeni, hoffwn i ddim bod yn byw yn ymennydd hwn.'

Trodd at y monitor a gofnodai raddau curiadau calon y claf. Rhwygodd allan y dudalen brintiedig ddiweddaraf, ac arni ffigurau na wnaent synnwyr i neb ond i feddyg neu nyrs. Ymddangosent fel sgript hieroglyffics.

'Mae'r peth yn ddirgelwch llwyr. Bob hanner nos, yn ddi-feth, mae curiadau ei galon yn cyflymu. Un funud maen nhw tua 120. Yna, yn sydyn, maen nhw'n saethu i tua 180 ac am tua pum munud maen nhw'n carlamu.

Maen nhw'n rhuthro, yn union fel petai e'n rhedeg ras. Fyddai calon Lance Armstrong wrth ddringo rhiw fwyaf serth y *Tour de France* ddim yn curo'n gyflymach. Yna, maen nhw'n arafu'n raddol nes eu bod nhw 'nôl yn normal ac mae ei gorff i'w weld yn ymlacio. Ac mae hyn yn digwydd yr un pryd bob nos. Pam, tybed?'

'Rwy wedi sylwi ar hynny hefyd. Tua hanner nos, pan fydda i ar ddyletswydd, rwy wedi gweld y pangau y mae e'n eu dioddef. Dyw e ddim yn symud llawer. Fedr e ddim. Mae'r pangau fel petaen nhw y tu mewn. Mae e'n gwasgu ei ddyrnau ynghau nes bod cymalau ei fysedd yn wyn. Yna mae e'n codi ei ddwylo a'u gwasgu dros ei glustiau. Mae e'n clensian ei ddannedd ynghau ac yn cau ei lygaid yr un mor dynn; yn wir, yn gwasgu'r amrannau'n dynn yn erbyn ei gilydd. Ar ben hynny mae ei gefn e'n plygu fel bwa, ei ben e'n dal ar y glustog a'i draed ar waelod y gwely. Ond mae ei gefn yn codi'n glir o'r matras.'

Eisteddodd Martin ar gadair wrth ymyl y claf. Syllodd o'i gwmpas yn wyliadwrus cyn troi at Alys a chydio yn ei llaw.

'Dyna ddigon am hwn. Fe wna i lwyddo i ddatgloi ei broblemau rywbryd. Mae digon o amser gen i. A mwy fyth ganddo fe. Y ni sy'n bwysig nawr. Fe wnest ti gyfeirio gynnau fach at y lle iawn a'r amser iawn. Wel, beth am heno yn dy le di?'

Meddalodd Alys a chlosiodd tuag ato.

'Beth am Janis? Pa esgus wnei di feddwl amdano heno?'

Neidiodd Martin ar ei draed.

'Damio! Rown i wedi addo'i ffonio hi awr yn ôl i ddweud wrthi bo fi'n gweithio'n hwyr.'

'Ond dwyt ti ddim.'

'Nadw, ond mae e gystal esgus ag unrhyw un.'

Cododd y ffôn o'i grud a deialu ei gartref. Ar y trydydd caniad clywodd y clic a ddynodai fod Janis wedi codi'r ffôn. Clywodd ei llais fel eco yn y pellter yn cadarnhau'r rhif. Gyda'i wên orau ar ei wyneb, yn union fel petai Janis yn medru ei weld, fe'i cyfarchodd.

'Hylô, cariad,' meddai. 'Sori bo fi'n hwyr.'

* * *

Hylô, cariad. Sori bo fi'n hwyr . . .

Ble clywodd e'r geiriau yna ddiwethaf? Pam oedden nhw'n canu cloch yn ei ben? Ddim ei fod e'n cwyno am y gloch a ganai yn ei ben. Roedd honno'n llawer tynerach na'r atgofion a lenwai ei feddwl y dyddiau hyn. Nid atgofion chwaith ond rhyw rith o ddelweddau digyswllt. Symudai ei feddwl o le i le, o amser i amser fel rhyw Doctor Who gwallgof. Ei wely yn yr ysbyty oedd Tardis ei deithiau.

Doedd dim trefn ddaearyddol i'w grwydradau meddyliol, dim trefn amseryddol. Rhedai ei gloc ymenyddol yn orffwyll fel trên heb yrrwr. Un funud byddai 'nôl yn crwydro llwybrau plentyndod. Y funud nesaf roedd rhywun yn cerdded yn araf tuag ato fel cysgod. Un funud byddai ei fam yn gwenu arno ar draws y bwrdd brecwast. Y funud nesaf byddai'n clywed sŵn rhywun yn llusgo'i ffordd tuag ato. Rhywun yn gwneud sŵn slopian fel petai dŵr yn llond ei sgidiau. Menyw oedd y Peth. Roedd e'n siŵr o hynny. Ie, menyw oedd yn troedio drwy ei hunllefau. Ni allai gofio iddo weld wyneb y Peth. Yn wir, doedd e ddim am weld yr wyneb. Ond os oedd ei ymddangosiad mor hunllefus â'r teimlad yr oedd yn ei gyfleu, yna yn sicr nid oedd am ei weld. Neu ei gweld. Ie, menyw oedd yr ymwelydd a oedd yn creu'r sŵn. Slwtsh! Slwtsh!

A oedd gan y Peth wyneb? Oedd, mae'n rhaid, ond yn sicr, nid oedd am ei weld. Ond synhwyrai fod y Peth yn cario rhywbeth yn ei law. *Bag, hwyrach. Na, doedd e ddim yr un siâp â bag llaw.* Ond dyna fe, nid oedd unwaith wedi gweld yr ymwelydd yn glir. Wedi'r noson gyntaf honno pan welai gysgod y rhith yn dynesu at droed ei wely, caeai ei lygaid yn dynn bob tro y'i clywai'n dynesu. Slwtsh! Slwtsh!

Hunllef oedd hi, mae'n rhaid, yr un hunllef bob nos ac ar yr un amser. *Hanner nos. Tymp dewiniol dyfnder nos. Ble a phryd wnaeth e glywed y geiriau yna? Geiriau rhyw fardd neu lenor, siŵr o fod.*

Breuddwydiai Jim mewn lliw bob amser. 'In glorious technicolor' fel yr hoffai ffilmiau'r Coliseum yn Aber gynt ei gyhoeddi'n llawn brol a balchder cyn i'r lle droi'n amgueddfa. A choch oedd prif liw ei freuddwyd y dyddiau hyn. *Ie, coch gan mwyaf. Coch ar wyn. Coch yn sgleinio ac yn llifo'n dew ac yn araf a llachar.* Slwtsh! Slwtsh! *Coch ar wyn. Coch gludiog yn llifo dros feddalwch sidan gwyn.* A'r Peth a ymwelai ag ef yn llusgo tuag ato, ymlaen ac ymlaen. Slwtsh! Slwtsh! *Y sŵn yn dynesu, y Peth yn dynesu. Yr arswyd yn cynyddu.* Ac yntau'n gwasgu ei lygaid ynghau. Gwasgu mor dynn fel y gallai weld y cochni y tu ôl i'w amrannau yn gwmwl sgarlad. Ond yn methu â chau ei glustiau'n llwyr ac yn gorfod gwrando. Slwtsh! Slwtsh!

Ar yr adegau hyn fe'i câi ei hun, am ryw reswm, yn sibrwd paderau. Ni chofiai ble na pham y'u dysgodd ond teimlai eu bod nhw'n rhyw fath o amddiffyniad iddo rhag yr ymwelydd. *Sut yn y byd y medrai gofio'r litanïau hyn? Fe'u dysgodd ar ei gof mae'n rhaid, er na chredai air o'r mymbo-jymbo Beiblaidd.* Wrth i'r siffrwd a'r slwtsian ddynesu, crefai o waelod ei holl fod am lonyddwch.

'Gorchmynnaf di, Satan, Tywysog syrthiedig y Byd, fwystfil aflan, gelyn hunan-iachawdwriaeth. Dos yn fy ôl i, Satan . . . ' Ond ymlaen y deuai'r Peth bob tro. 'Ysbryd *aflan, sarff ffiaidd, pwy bynnag wyt ti a phwy bynnag yw'r un a'th greodd, gorchmynnaf di i ddychwelyd i'th uffern.'*

Ni oedai'r Peth yn hir uwchlaw erchwyn ei wely. Un tro, ar ôl bod mewn llewyg, cofiai iddo gael ei ddihuno gan ddwy nyrs yn siarad â'i gilydd wrth newid shifft, gyda'r naill yn cyfeirio wrth y llall ei bod hi'n bum munud wedi hanner nos. Doedd y Peth ddim yno. Roedd Hi wedi dychwelyd i ble bynnag y trigai. Ond hyd yn oed petai yno, fyddai'r nyrsys ddim callach. Gwyddai mai dim ond ef a synhwyrai fodolaeth y ddrychiolaeth. Ac ar Helen roedd y bai, wrth gwrs. Oni bai i Helen fod yn hwyr yn dod 'nôl o'i siopa fyddai dim byd wedi digwydd. Dim byd o dragwyddol bwys, o leiaf. Petai Helen heb ei adael ag amser ar ei ddwylo, fyddai e ddim yn gorwedd ar wastad ei gefn yn gwbl ddiymadferth. Ar Helen oedd y bai am ei holl ofidiau. Petai Helen wedi cyrraedd yn brydlon o'i chrwydradau, fyddai ef ddim wedi bod wrthi'n cicio'i sodlau. Petai Helen heb fod yn hwyr, fyddai ef ddim wedi gorfod mynd ati i ladd amser. Ac yn awr roedd amser yn ei ladd ef. A honno'n farwolaeth araf. Oedd, roedd e'n fyw. Fe wyddai gymaint â hynny. Ond pa fath o fywyd oedd gorwedd ar wastad ei gefn ddydd ar ôl dydd, nos ar ôl nos? Dydd ar ôl dydd, nos ar ôl nos yn arswydo rhag clywed sŵn traed yn llusgo a slwtsian, rhag gweld cochni llachar yn llifo dros wynder meddal. Nos ar ôl nos, ddydd ar ôl dydd yn gwrando ar feddygon a nyrsys yn sgwrsio am ei gyflwr. Ddydd ar ôl dydd, nos ar ôl nos o'u clywed yn ei wawdio a thosturio wrtho am yn ail. O'r ddau, gwell oedd ganddo'r gwawd na'r tosturi. A gwell fyddai ganddo farw na gorfod wynebu ei ymwelydd nosol lawer yn hwy.

Ni allai lwyr feio'r doctoriaid a'r nyrsys am ei drafod ef a'i gyflwr yn ei glyw. Iddyn nhw doedd ganddo ddim clyw. Ond oedd, roedd ganddo glyw. A'r anffawd o fedru teimlo – teimlo poen, teimlo dirmyg, teimlo casineb a theimlo ofn.

Na, nid ofn ond arswyd. Yr hyn na fedrai ei wneud oedd siarad a symud. Ni fedrai siario'i ofn â neb. Ac yn waeth na dim, ni fedrai symud allan o ffordd y Peth a ymwelai ag ef yn nosol. Doedd dim dianc rhag y Peth.

Am ychydig eiliadau treiddiodd realiti drwy ei synfyfyrio digyswllt, disynnwyr. Roedd rhywun wrth erchwyn ei wely yn deialu ffôn. Ac wrth i rwndi'r caniad deunod cras dros y lein beidio a'r sŵn clic ddynodi fod rhywun yn ateb ar ben draw'r lein, agorodd ei lygaid yn araf, a thrwy'r niwl a'i hamgylchynai gwelodd ddyn mewn côt wen, y ffôn yn ei law a'i gefn tuag ato.

'Hylô, cariad,' meddai'r dyn. 'Sori bo fi'n hwyr.'

* * *

Treuliodd Martin Andrews ran helaeth o'r bore yn meddwl am James Humphreys. Eisteddai yn y rhagystafell y drws nesaf i orweddfan ei glaf. Drwy'r ffenest, a lenwai hanner y wal rhyngddynt, gallai weld Jim yn gorwedd yno'n ddiymadferth. Gwasgodd fotwm ym mlwch rheoli'r system sain fel y gallai glywed unrhyw sŵn a ddeuai oddi yno. Rhag ofn. Sylweddolodd fod y cysylltiad yn fyw eisoes. Doedd e ddim yn disgwyl clywed Jim yn torri'r un gair dros yr intercom beth bynnag. Ddim hyd yn oed yn taro rhech. Ond petai'r claf yn gwneud unrhyw ebychiad anwirfoddol, byddai Martin yn sicr o'i glywed.

Roedd wedi bod yn meddwl llawer am Jim yn ddiweddar. Hwn oedd enigma meddygol mwyaf ei yrfa. Gwell o lawer ganddo feddwl am rywun arall. Alys er enghraifft, a'r noson gyntaf honno a dreuliodd yn ei chwmni. Ond ofnai feddwl gormod am Alys. Roedd rhywbeth a gychwynnodd fel dim byd mwy na snog slei ym mharti'r ysbyty wedi datblygu i fod yn affêr go iawn. Ac ofnai fod pethau'n dechrau mynd yn rhy ddifrifol. O ran Alys. Iddo ef, seicolegydd hanner cant oed, dim ond un berl arall ar linyn mwclis bywyd oedd Alys. Un o'r disgleiriaf, mae'n wir. Ond un ymhlith nifer. Byddai'n rhaid iddo fod yn ofalus.

Doedd Alys ddim yn ferch a safai allan mewn torf. Yn wir, ar un olwg roedd hi'n ddigon plaen. Ond roedd hi'r math o ferch a dyfai ar rywun. Gwên barod bob amser, wyneb gwelw ac, o dan ddillad digon di-fenter, siâp y byddai Fenws ei hun yn rhoi ei braich chwith amdani. Gwenodd wrtho'i hun wrth sylweddoli fod yr unig ddelw o Fenws a welsai erioed heb freichiau o gwbwl.

Y gwir amdani oedd mai dim ond tegan oedd Alys, fel y lleill i gyd. Roedd Janis yn ei amau, fel y gwnaethai byth oddi ar iddynt ddechrau canlyn. Ond un peth oedd amau: peth arall oedd profi. Ac roedd gofyn bod yn ofalus, yn gyfrwys hyd yn oed. Roedd Janis, a holl arian ei rhieni y tu ôl iddi, yn wobr rhy dda i'w cholli er mwyn rhyw ffling fach ddiniwed. Ond roedd Andrews ar gerdyn melyn. Ac ofnai fod Alys yn dechrau syrthio mewn cariad ag ef. Camgymeriad fyddai hynny. Camgymeriad mawr o ran Alys. Ond fe wnâi ddelio â'r mater yn ei ffordd ei hun cyn i Janis ddangos y cerdyn coch. Roedd e'n dal yn y gêm.

Roedd James Humphreys yn fater arall. Tra oedd Alys yn her, doedd hi ond yn her i'w amynedd a'i allu i gadw popeth o dan reolaeth. Roedd James Humphreys yn her i'w broffesiynoldeb fel meddyg, yn her i'w ddeallusrwydd a'i allu. Ond tegan oedd hwnnw hefyd, un y gallai chwarae ag ef heb unrhyw ymyrraeth. Tegan meddal y gallai ei siapio i ba ffurf bynnag y mynnai. Tegan plastig y gallai ei dorri'n ddau rhwng bys a bawd. Tegan weindio y gallai ei dynhau ag allwedd a'i adael i redeg yn orffwyll. Ond os mai tegan oedd Jim Humphreys, roedd y gêm a chwaraeai Andrews yn un gwbwl ddifrifol.

Doedd e erioed o'r blaen wedi trafod claf fel hwn.

Doedd trawma ddim yn bwnc dieithr iddo o bell ffordd. Ond roedd pob claf trawmatig a fu o dan ei ofal yn y gorffennol yn disgyn o fewn patrwm pendant. Roedd pob un naill ai wedi dioddef damwain ymenyddol neu wedi profi rhyw ysgytwad emosiynol neu seicolegol a oedd wedi newid cwrs bywyd yn llwyr. Doedd Jim Humphreys ddim wedi dioddef unrhyw ddamwain. A chyn belled ag y gwyddai, doedd e ddim wedi profi unrhyw ddigwyddiad dirdynnol, dim byd yn ddigon dirdynnol i achosi'r fath drawma. Oedd, roedd ei bartner wedi'i lladd yn y modd mwyaf erchyll. Ond doedd Jim ddim yn bresennol pan yrrodd Helen Worthington ei char i mewn i gefn lorri a cholli ei phen, yn llythrennol. Eto, dyna lle'r oedd e yn gorwedd yn anymwybodol, a'i lygaid yn adlewyrchu rhyw arswyd na ddylai'r un dyn byw fyth ei brofi. Oedd, roedd Jim, yn ôl yr hanes, wedi gwasanaethu adeg y Terfysgoedd yng Ngogledd Iwerddon. Ond roedd blynyddoedd ers hynny.

Doedd Martin ddim yn hoffi'r term 'anymwybodol'. Gallai rhywun fod yn ymddangos yn anymwybodol ond eto'n gwbl ymwybodol o rai pethau o'i gwmpas. Weithiau byddai Jim yn agor ei lygaid. Ond roedd mawr amheuaeth a fedrai weld dim. Hwyrach ei fod e'n medru clywed rhywfaint o'r hyn oedd yn digwydd o'i amgylch. Ond roedd Martin yn amau a fedrai'r claf wneud unrhyw synnwyr o'r geiriau a'r synau o'i gwmpas. Doedd y claf ddim yn ymateb i unrhyw gyffyrddiad chwaith. O sioc drydan heb anaesthetig (nad oedd yn digwydd yn swyddogol) i'r dull mwy cyntefig o wthio nodwydd yn sydyn i'w fraich (eto yn driniaeth answyddogol) doedd yna ddim ymateb. Dim.

Cofiai i rai o'i gleifion trawmatig orfod bodoli ar beiriant cynnal bywyd. Doedd dim angen hynny ar Jim. Roedd ei dymheredd wedi disgyn, mae'n wir, ond heb fynd yn beryglus o isel. Roedd e'n anadlu'n gryf. A châi ei fwydo yn fewnwythiennol drwy biben. Gallai fyw am flynyddoedd, er y byddai'i gorff yn dadfeilio'n gynt nag y byddai corff rhywun iach.

Agorodd Martin ddrôr yn ei ddesg a thynnodd allan ffeil bersonol James Alastair Humphreys. Osgôdd y manylion dibwys fel cyfeiriad ac oedran a chanolbwyntiodd am y degfed tro, mae'n rhaid, ar amgylchiadau'r digwyddiad a arweiniodd at drawma'r claf.

Roedd Jim wedi cael ei ganfod wedi llewygu yn seler Plas y Mynach gan berchennog y lle, Miss Magdalena Rawlins, hen ferch naw deg dwy mlwydd oed. Roedd Humphreys, meddai hi yn ei thystiolaeth i'r heddlu, wedi galw i'w gweld, neu'n hytrach i weld y plas, fel y gwnâi yn achlysurol. Roedd ganddo gysylltiadau â'r hen le, ei dad wedi bod yn arddwr yno ddeugain mlynedd yn gynharach. Ei ddiddordeb mawr ym Mhlas y Mynach oedd y chwedl am ysbryd y dywedid ei fod yn cyniwair yno. Doedd Miss Rawlins ddim yn credu'r chwedl. Rwtsh llwyr.

Yn ôl ei thystiolaeth fe hoffai James, neu Jim Bach iddi hi, alw yn y plas er mwyn crwydro'r stafelloedd a'r gerddi fel y gwnâi pan oedd yn blentyn. Hiraethu am ei blentyndod, mae'n debyg, rhyw hel atgofion am y dyddiau pan gâi dragwyddol heol i grwydro lle y mynnai drwy'r plas ac ar hyd y tir o gwmpas, a hynny oherwydd mai ei dad oedd y pen garddwr.

Ar y noson dan sylw roedd e wedi mynd lawr i'r seler. Ei fwriad, fel rhan o'i ymchwil, oedd canfod yr ysbryd a'i chael hi, Magdalena, yn dyst. Ond ddigwyddodd dim a blinodd Miss Rawlins ar y dwli a'i adael yno. Ond o'i weld e'n hir yn dod 'nôl roedd Miss Rawlins wedi dychwelyd i lawr y grisiau cerrig – tasg anodd iddi hi, a hithau'n dioddef yn ddrwg o'r gwynegon – a'i ganfod yn gorwedd yn gwbl ddiymadferth ar y gwaelod. Ofnai iddo, wrth ddychwelyd, fod wedi syrthio i lawr y grisiau a tharo'i ben. Ond ni allai weld arwyddion unrhyw glwyfau arno. Ni theimlai, felly, iddo lewygu o ganlyniad i unrhyw ddamwain. Ymddangosai iddi hi funudau yn gynharach yn ddyn cwbl iach. Doedd ganddi ddim esboniad am yr hyn a ddigwyddodd i James Humphreys.

Roedd Miss Rawlins wedi galw'r gwasanaethau brys. Ond bu'r rheiny'n araf yn cyrraedd am iddyn nhw, ychydig yn gynharach, gael eu galw allan i ddamwain, a honno'n ddamwain angheuol rhwng car a lorri tua milltir o Blas y Mynach. Lladdwyd y wraig a yrrai'r car. Ni wyddai Miss Rawlins ar y pryd mai'r fenyw a laddwyd oedd Helen Worthington – oedd yn byw gyda James Humphreys. Roedd Jim wedi llewygu bron ar yr union adeg i'w gariad gael ei lladd. Cyd-ddigwyddiad anffodus, ond dyna fe, roedd damweiniau fel yna'n digwydd i rywun bob dydd.

Caeodd Martin Andrews y ffeil a syllodd allan drwy'r ffenest ar ardd yr ysbyty lle'r oedd ambell glaf yn crwydro'r lawntiau, eraill yn cael eu gwthio mewn cadeiriau olwyn, a'r rhan fwyaf ohonynt yn llwyr ar goll o fewn eu bydoedd bychain eu hunain. Gymaint ar goll ag yr oedd yntau cyn belled ag yr oedd datrys salwch James Humphreys yn y cwestiwn. Am ryw reswm teimlai fod yr hen Miss Rawlins yn gwybod, neu o leiaf yn synhwyro, mwy nag a gyfaddefai, ond ni allai Andrews wneud unrhyw beth ynglŷn â hynny.

· · ·

Pryd oedd realaeth yn troi'n freuddwyd a breuddwyd yn troi'n hunllef? A oedd yna ffin rhyngddynt o gwbl? Doedd ganddo ddim syniad. Pryd oedd dydd yn troi'n nos a nos yn troi'n ddydd? Yn sicr, nid y cloc a benderfynai. Ond doedd ganddo ddim syniad am ddim bellach.

Ond os nad oedd gan Jim Humphreys esboniad dros yr hyn oedd arno, roedd ganddo un peth y gallai wneud hebddo. Amser. Fel arfer, roedd amser yn fendithiol. Fel y dywedodd rhywun yn ddiweddar yn ei glyw, y mae amser i bopeth. Pwy ddywedodd hynna? A phryd? Alys. Ie, Alys y nyrs fach bert yna wrth sgwrsio â Martin Andrews. Ddoe ddiwethaf oedd hynny. Neu wythnos yn ôl? Pryd bynnag, roedd hi'n iawn. Roedd amser i bopeth yn ei achos ef. Roedd ganddo amser i orffwys. Amser i gofio pleserau bywyd. Amser i bwyso a mesur camgymeriadau ac amser i addunedu na wnaen nhw fyth ddigwydd eto ... Lladd amser. Amser lladd. O newid y geiriau o gwmpas fe newidiai'r ystyr yn llwyr.

Ysgol Sul. Amser dweud adnod. Y gweinidog yn ei ganmol. Y mae amser i bob peth ... ac amser i bob amcan dan y nefoedd. 'Da iawn, James ... ' *Amser i eni, ac amser i farw ... amser i blannu ac amser i dynnu y peth a blannwyd ... i dynnu y peth ... Y PETH ... Amser i fwrw i lawr ... Amser i wylo ... Amser i alaru ... Amser i rwygo ... Amser i gasáu ... Amser i ymgofleidio ... Amser i ladd ... Amser lladd ... Amser i'w ladd ...* 'Na, dydi honna ddim yn adnod, James. Ddim yn adnod.' *Sori, syr.*

Athro Saesneg yn yr ysgol. Drama. Chweched dosbarth. Drama yw hon, syr, am ddyn a werthodd ei enaid i'r Diafol. 'Da iawn, James. Ewch ymlaen ... ' *Pan wnaeth hynny ymddangosai popeth yn braf. Câi bob ffafr a braint dan haul gydol ei fywyd. Roedd ganddo'i oes gyfan i fwynhau ei hun. Câi flasu gwefr yr holl bleserau. Câi garu â menyw brydferthaf y byd, Helen o Gaerdroea ... Helen! Ble mae Helen?*

'Dewch 'nôl at y ddrama, James.' *Sori, syr ... Ond ar*

28

*eiliad ei farwolaeth, byddai'n gorfod cadw'i fargen. A
doedd Satan ddim yn barod i drugarhau pan ddeuai'n
fater o hawlio'r hyn a berthynai iddo. Dyna i chi
enbydrwydd y dyn ffôl wrth i'r awr dyngedfennol agosáu.
'Da iawn, James . . . ' Ond yn union ar amser hanner
nos . . . Dewiniol dymp y nos . . . fe hawliodd Satan ei
wobr . . .*

   'Dyfynnwch rai o'r llinellau, James.' Iawn, syr.

> *Stand still, you ever-moving spheres of Heaven
> That time may cease, and midnight never come . . .*

*'Da iawn, James.' Ond nawr rwy'n waeth fy myd na
Ffawst hyd yn oed, syr. Dim ond un canol nos oedd hunllef
Ffawst. I fi, mae pob canol nos yn hunllef. Slwtsh! Slwtsh!
Glywch chi'r sŵn, syr? Glywch chi'r sŵn! Nyrs! Mae'r Peth
yn dod!*

* * *

Mwya i gyd y meddyliai Martin Andrews am gyflwr Jim
Humphreys, mwya i gyd y tueddai i feddwl nad trawma
oedd yn achosi cyflwr diymadferth ei glaf. Ar y cychwyn
roedd wedi cymryd yn ganiataol mai trawma oedd wrth
wraidd y salwch. Ond roedd trawma yn air defnyddiol –
rhy ddefnyddiol – i ddisgrifio pob math o broblemau
seicolegol. Ond roedd e'n ymadrodd rhy gyffredinol,
ddim yn ddigon penodol. Roedd angen bod yn fwy manwl
o ran disgrifiad.

   Cyn belled ag yr oedd salwch meddwl Jim Humphreys
yn y cwestiwn, roedd Martin wedi gweld effaith debyg ar
filwyr a oedd wedi dychwelyd o Ryfel y Gwlff. Ac er
gwaethaf wfftio ambell wleidydd a meddyg, credai fod
Syndrom y Gwlff yn gyflwr go iawn. Roedd cyflwr Jim
heb fod yn annhebyg i siel-syfrdandod. Ond doedd
Humphreys ddim wedi bod mewn unrhyw ryfel yn

ddiweddar, hyd y gwyddai'r doctor. Gwelsai mewn llyfrau fod effaith debyg hefyd ar rai oedd wedi cael eu gwenwyno â'r cyffur Ciwrare. Roedd hwnnw'n ymlacio'r cyhyrau ac yn gyffur cyffredin ymhlith rhai o frodorion gwledydd De America. Ond doedd dim olion unrhyw wenwyn yng nghorff Jim Humphreys. Dim ond yn ei feddwl.

Roedd Martin wedi rhoi ystyriaeth ddiwyd i'r posibilrwydd o anhwylder straen ôl-drawmatig. Roedd agweddau o hysteria cyd-destunol yn ymarweddiad y claf hefyd. Ond tueddai Andrews fwyfwy i feddwl nad trawma, yn yr ystyr glinigol, oedd yn poeni'r claf ond yn hytrach mai rhyw fath o iselder oedd wrth wraidd y salwch, rhyw fath ar stiwpor iselhaol. Roedd wedi ystyried pob math ar bosibiliadau. *Petit-mal*, er enghraifft, math ar gynnwrf a achosid gan weithgaredd trydanol annormal yn yr ymennydd. Roedd hyn yn arwain at golli ymwybyddiaeth am gyfnodau byr ac at newid mewn ymddygiad. Ond plant fyddai'n dioddef fwyaf o hwnnw. Ymwybyddiaeth anymatebol wedyn. Ond y cwestiwn mawr oedd, nid beth oedd y salwch, ond beth a'i hachosodd? Petai'n canfod yr achos, haws fyddai canfod y salwch.

Teimlai Martin fod y driniaeth sioc drydanol yn cael rhyw fath o effaith llesol. Ond petai'r awdurdodau meddygol ond yn gwybod ei fod yn gweinyddu'r driniaeth heb anaesthetig, Duw a'i helpo. Drwy sicrhau fod y claf yn effro wrth iddo dderbyn y sioc drydan, roedd gan Martin fwy o gyfle i weld yr effaith yn uniongyrchol. Doedd dim dadl nad oedd y fath driniaeth *ECT*, neu Therapi Trydan Dirdynnol – gydag anesthetig wrth gwrs – yn help. Roedd ergydion y trydan yn creu sioc neu fath ar ffit, a thueddai cleifion i wella rhywfaint wedi triniaethau tebyg.

Cyflwr Jim Humphreys oedd yr her fwyaf a wynebodd

Andrews erioed. Teimlai'n freintiedig i'r fath achos ddisgyn fel manna o'r nefoedd i'w gôl. Petai'n medru datrys salwch Humphreys, byddai'n bluen anferth yn ei het. Petai'n medru ei wella hefyd, fe fyddai hynny'n fonws. Ond petai Jim yn marw o dan y driniaeth, byddai wedi aberthu ei fywyd dros achos da. Canfod y salwch oedd yn bwysig, nid achub bywyd. Petai'n llwyddiannus, byddai'n cyhoeddi papur ar yr achos a deuai enwogrwydd i'w ran, enwogrwydd a'i codai i ris uchaf ei broffesiwn ac agor drysau a oedd ar hyn o bryd ynghau.

Penderfynodd, gan ei fod yn debygol o fod ar ei ben ei hun gyda'r claf am o leiaf hanner awr arall, y byddai'n rhoi cynnig ar driniaeth sioc arall iddo. Heb anaesthetig. Gafaelodd yn yr offer, a ymddangosai fel ffôns clustiau *Walkman*. Trueni na wnâi Jim ddawnsio i'w gyfeiliant. Plygodd dros gorff y claf a syllodd i fyw ei lygaid. Roedd canhwyllau'r llygaid yn hollol lonydd. Dim amrantu. Dim smicio. Dim bywyd. Dim ond gwacter. Sylwodd hefyd mor sych oedd y gwefusau. Arwydd arall o stiwpor iselhaol. Tybed a oedd Jim hefyd yn dioddef ôl-fflachiau? Byddai cadarnhad o hynny yn ategu ei ddamcaniaeth am stiwpor iselhaol. Gwlychodd y padiau meddal oedd ar bob pen i'r offer â dŵr hallt a phlygodd dros y claf.

Na, ddim sioc drydan eto! Na, plîs, ddim hynna eto!

Syllodd y doctor yn fanylach ar wyneb Jim. Oedd yna gryndod yn y gwefusau? Gallai dyngu fod gwefusau Jim Humphreys yn crynu rhyw gymaint, fel petai'n brwydro i ddweud rhywbeth. Na, rhyw fath ar adwaith i'r cyffuriau a fwydid iddo yn ystod y pythefnos cyntaf, mae'n debyg. Neu ryw wayw anwirfoddol. Gosododd y benwisg ar draws talcen y claf gan wasgu'r padiau i'w lle ar yr arleisiau. Oedd yna arswyd i'w weld yn y llygaid? A oedd Humphreys, wedi'r cwbl, yn ymwybodol o'r hyn oedd yn ei aros?

Na! Na! O leia, rho anaesthetig i fi! Fedra i ddim godde'r boen uffernol 'na!

Tybed a oedd hwn, wedi'r cyfan, yn ymateb ond heb iddo fedru cyfleu hynny'n llawn? Hyd yn oed petai'n medru ymateb, doedd yno neb ond ef, ei feddyg, yn dyst i hynny. Hyd yn oed pe medrai sgrechian mewn poen, doedd neb i'w glywed, dim ond ei feddyg. Ac yn yr adran arbennig roedd pob stafell wedi ei hinsiwleiddio fel eu bod nhw'n seinglos. Fedrai neb o'r tu allan glywed unrhyw sŵn o'r tu mewn na neb o'r tu mewn glywed unrhyw sŵn o'r tu allan.

A, wel, wnâi'r sioc ddim drwg iddo, beth bynnag. Gwenodd Andrews wrth wthio'r plwg i'w soced a chynnau'r llifeiriant trydan. Dechreuodd ganu rhyw hen gân o ddyddiau dawnsfeydd yr ysgol.

> 'Oh yea lucky me, I'm singing ev'ry day,
> Ever since the day you came my way,
> You made my life for me just one big happy game,
> I'm gay ev'ry mornin
> At night I feel the same.'

* * *

Mae'r bastard yn plygu uwch fy mhen i unwaith eto. Mae ganddo fe'r hyfdra i ganu. Mae e'n fy ngwawdio. Fe fedra i deimlo'r padiau rwber bob ochr i'n nhalcen. Mae'r ergydion trydan ar fin saethu drwy fy nghorff unwaith eto. Wna i glensio fy nannedd yn barod. Pam, wn i ddim. Neith hynny ddim byd i leddfu'r saethau trydan fydd yn gwingo drwy fy nghorff. Dyma'r saeth gyntaf yn dod . . .

Ladeez 'n Shentle-men! Come see the Amazing Electric Man!

'Hei, Ianto, sbia. Mae dyn lectric yn y ffair 'leni. Beth am fynd fewn i'w weld e?'

'Beth? Talu swllt i weld dyn lectric? Wi'n gweld y diawl am ddim unwaith y mis pan mae e'n galw i wacáu mîtyr lectric Mam.'

'Na, na. Nid dyn lectric fel hynny yw hwn. Bachan o Aber yw hwnnw sy'n casglu arian lectric dy fam. Ma' hwn yn dod o India neu rywle. Edrych ar y poster. Doctor Ali Khan the Electric Man!'

'Wel, sai'n talu, ta beth. Dere rownd y cefen. Fe wthiwn ni mewn dan y cynfas. Dere mlân.'

Y doctor trydan. Mae e'n syllu i mewn i fyw fy llygaid. Mae e'n gwenu. Mae'r diawl yn canu:

'When you looked into my eyes,
I stood there like I was hypnotised . . . '

Rwy'n teimlo fel sgrechian. Ond fedra i ddim. Ac mae Doctor blydi Andrews yn gwybod hynny. Mae e fel petai e'n mwynhau'r profiad. Dyma'r ail saeth.

'You sent a feeling to my spine,
A feeling warm and smooth and fine . . . '

Now, Ladeez 'n Shentle-men, the Amazin Ali Khan is about to light himself up. As you can see, he's not even plugged in to the power. Through the latent electricity in his body he can light himself up!

'Iesu, sbia. O dan ei glogyn e ma' dwsinau o fylbs lectric! Ac edrych ar y ddau fowr 'na sy rhwng ei goese fe.'

'Ei fôls e yw rheina, y diawl twp. Cofia, synnwn i ddim na fydd rheina'n goleuo lan hefyd.'

With a one! An-a two! An-a three! Abracadabra! Let's light the night, Ali Khan is a burnin' bright!

'Mae e'n tynnu ei glogyn bant. Arglwydd, sbia, mae e'n goleuo fel blydi coeden Nadolig!'

'Iesu, 'tai Mam yn cal benthyg hwnna, byddai'n arbed

33

*punnoedd mewn arian lectric! Nefoedd, mae e fel
Blackpool Liwminesiyns. Weles i nhw unwaith yn pictiwrs
ar Pathe News.'*

'Ond shwd mae e'n goleuo'r holl fylbs 'na? Sdim cêbl
lectric yn agos iddo fe.'

'Batri.'

'Ond lle fedr e gwato'r batri? Sbia, dim ond tryncs bach
nofio sydd amdano fe. Ble mae'r batri, Ianto?'

'Lan yn nhwll 'i din e. Batri Ever Ready, siŵr o fod.'

*Mae fy ymennydd i'n ffrwydro, yn llosgi. Pe medrwn i
symud, fe neidiwn allan o'r gwely a dianc. Na, cyn dianc
fe wnawn ladd y poenydiwr diawl yma yn y fan a'r lle,
mewn gwaed oer.*

'All I could do was stand there paralyzed . . . '

*Maen nhw'n dod yn rheolaidd nawr, ergyd ar ôl ergyd.
Ofer yw ceisio eu cyfrif. O'r diwedd, maen nhw'n peidio ac
mae Andrews yn diosg y benwisg oddi arna i a'i osod yn y
drôr. Mae'r diawl yn dal i ganu:*

'You made my life for me just one big happy game . . . '

*Mae e nawr yn eistedd ar droed y gwely i wneud
nodiadau. Nid ar y clipfwrdd swyddogol ond mewn llyfr y
mae'n ei gadw ym mhoced ei gôt. Nawr mae'n gorffen
ysgrifennu, yn cau ei lyfr nodiadau a'i osod yn ôl yn ei
boced. Nawr mae'n codi ac yn syllu i fyw fy llygaid. Mae
e'n gwenu. Mae e hyd yn oed yn anwesu fy moch i. Yna'n
pinsio fy moch i rhwng ei fys a'i fawd.*

'All I could do was stand there paralyzed.

'Dyna ti, 'ngwas i. Popeth drosodd. Am nawr. Ond paid
ti â phoeni. Fe fydda i 'nôl fory eto â mwy o fwythau i ti.
Wedi'r cyfan, ti yw fy nghlaf delfrydol i. Fe alla i wneud

unrhyw beth a fynna i â ti. I ti, fi yw Duw. Dyna i ti beth braf. Trueni na fyddai ambell fenyw'r un fath â ti, yn derbyn popeth yn dawel heb ddweud dim.'

O'r diwedd, mae'r bastard yn troi ac yn mynd allan. Yn amlwg, dydw i'n ddim byd mwy na mochyn cwta i Andrews a'i arbrofion. Ond o leiaf, wna i ddim o'i weld e bellach heddiw. Fe fydd y nyrs yn ôl ar ddyletswydd toc. Mae hi'n ffeind. Mae ganddi hi ddigon o amser i roi tendans i fi.

Ie, amser Yr un peth y mae gen i ddigon ohono. Gormod ohono. Amser y tu hwnt i synnwyr. Ond beth yw synnwyr? I rai, mae synnwyr mewn gwallgofrwydd. Chwedl ei dad, mae synnwyr mewn bwyta jeli â phinsiwrn; mae synnwyr mewn yfed te â fforc. Rhyfedd fel y deuai hen ddywediadau yn ôl i'w gof. Weithiau mae bendith mewn twpdra, mewn peidio â gwybod gormod. Fel yn achos popeth arall, gormod o ddim nid yw'n dda. Penyd, nid pleser, yw amser bellach. O dan amgylchiadau arferol ni fyddai dim yn well gen i na lladd amser. Ond fy nymuniad bellach fyddai lladd amser yn llythrennol. Ei ladd yn gelain. Ac ar yr un pryd, lladd y blydi Andrews yna.

A dyna be wna i. Os do i drwy hyn i gyd, gwnaf, fe wna i ladd Andrews. A dyna un ffordd y bydd amser yn gyfaill i fi. Fe wna i ei ddefnyddio i drefnu marwolaeth Andrews. Fe wna i feddwl am y dull mwyaf poenus i'w ladd e. Mae gen i ddryll llaw, oes. Dwi ddim wedi ei danio fe ers y dyddiau hynny yn y fyddin. Ond wna i ddim defnyddio hwnnw. Fe fyddai honno'n farwolaeth rhy garedig i'r bastard. Na, dwi am iddo fe ddioddef, dioddef yn araf fel rydw i'n dioddef. Dwi am i'r diawl ddod i wybod beth yw poen.

Thang-you-Ladeez-an-Shentle-men! See you again tomorrow night when the Amazing Doctor Kahn the

Electricity Man will be back and-a burnin bright! Thang-you. Thang-you.

* * *

Gwyn y gwêl y frân ei chyw, medd yr hen ddihareb. Ac mae pob rhiant drwy'r byd yn gosod ei blentyn ef neu hi ar bedestal uwch na'r un pedestal arall. Ond, yn achos Alys Wilson, roedd pawb â'i hadnabu yn cytuno fod hon yn ferch arbennig iawn. Os oedd arni fai, yna'r duedd i ymddiried gormod mewn pobl eraill oedd ei gwendid mawr. Tueddai i gredu pawb a phopeth. Yn wir, prin y gwelai ddrwg yn neb.

Roedd gan Alys duedd arall hefyd. Tueddai, pan oedd ar ei phen ei hun, i siarad â'i hunan. Tuedd ddigon diniwed ac un nad yw'n unigryw mewn unrhyw ffordd. Nid yn gymaint siarad â'i hunan a wnâi ond rhyw feddwl yn uchel. Mae pawb, rywbryd neu'i gilydd, wedi meddwl yn uchel. Tueddai Alys i wneud hynny yn amlach na'r rhelyw ohonom. Ambell waith byddai rhywun yn ei dal yn sgwrsio â hi ei hun, ac ar adegau felly byddai Alys yn tueddu i wrido ac i ymddiheuro.

Wrth dwtio gwely Jim Humphreys doedd gan Alys ddim achos i wrido nac i ymddiheuro wrth iddi sgwrsio'n ddi-dor. O leiaf, y tro hwn, roedd hi'n siarad ym mhresenoldeb rhywun, hyd yn oed os na allai hwnnw ei chlywed. Neu o leiaf ei deall. Ac nid bai Jim fyddai hynny i gyd. Gwyddai Alys ei hun mai anodd fyddai i rywun wneud unrhyw synnwyr o'i sylwadau gwasgarog pan fyddai'n meddwl yn uchel. Ond roedd yna wahaniaeth rhwng Jim a phobl eraill. Clywed neu beidio, ni allai ymateb.

Byddai ei mam yn meddwl mai rhyw hen arferiad o blentyndod Alys oedd hyn, a hithau, fel unig blentyn, yn siarad â'i doliau yn ddi-baid wrth chwarae â nhw. A gweini oedd hoffter Alys hyd yn oed bryd hynny, gweini ar ei theganau yn ei dillad Nyrs Fach yn lapio rhwymynnau am fraich Tedi neu am goes Doli Glwt.

Roedd Alys Wilson wedi ei geni i dendio pobl. Tystiai ei rhieni mai hi oedd y ferch leiaf hunanol yn yr holl fyd. Doedd dim byd na wnâi Alys dros rywun mewn angen. Ac iddi hi, byddai anghenion pobl eraill yn dod o flaen ei hanghenion hi bob tro.

Doedd hi erioed wedi bod mewn perthynas ddifrifol ag unrhyw ddyn. Yn yr ysgol câi ei hystyried fel tipyn o fabi. Ar ddiwedd y ddawns, byddai ei thad yno'n disgwyl amdani i'w gyrru hi adre tra byddai'i ffrindiau'n mynd ymlaen i barti. Ystyrid hi hefyd yn ferch blaen. Ond yn ei harddegau hwyr, blodeuodd gan ddod yn ferch hawddgar er ei bod yn dal i fod yn dawedog a swil. Yn wir, ei pherthynas ddirgel â Martin Andrews oedd yr hyn fu'n gyfrifol am iddi ddod allan o'i chragen.

'Dyna chi, Mr Humphreys, gadewch i fi godi'ch pen chi ryw ychydig fyny i fi gael gwastatáu'ch clustog chi. Dyna ni. Hynna'n esmwythach?'

Ydi, diolch.

Brwydrodd Jim i yngan y geiriau. Ceisiodd symud ei wefusau, ond methodd. Byddai Jim wrth ei fodd petai'n medru siarad â hi, dweud y cyfan wrthi. Dweud ei bod hi'n gydwybodol. Dweud ei bod hi'n brydferth. Dweud ei bod hi'n cael ei thwyllo gan Doctor blydi Andrews. Ond fedrai e ddim.

'Nawr 'te, Mr Humphreys, rwy'n mynd i'ch gadael chi am ychydig. Ond fydda i ddim yn hir. Fe fydd Doctor Andrews yma toc i'ch trin chi. R'ych chi'n lwcus. Yn ôl Doctor Andrews, chi yw ei hoff glaf yn Llwyn yr Eos. Mae Doctor Andrews wedi tyngu llw y gwnaiff e ddarganfod beth yn union sy'n eich poeni chi.'

Fe all Doctor Andrews stwffio'i hun â weiren bigog. Dwi

ddim isie'r bastard ar fy nghyfyl i. Twyllwr creulon ydi e.
Mae e'n gwneud pethe i fi na ddyle fe. Ac i tithe hefyd!

Syllodd Alys i lygaid pŵl Jim Humphreys, ei llygaid
glas tywyll hi yn llawn tosturi. Gwenodd arno.

'Fe roddwn i'r byd pe medrwn i'ch rhoi chi ar ddeall.
Efallai eich bod chi'n medru fy nghlywed i. Wel, os ydych
chi, rwy am i chi wybod y gwnewch chi wella. Mae
Doctor Andrews wedi dweud y gwnaiff e ganfod pa
bynnag ddrwg sydd ynddoch chi.'

Ynddo fe, y bastard, mae'r drwg. Twyllwr yw e. Taset ti
ddim ond yn gwybod, mae e'n dy dwyllo di hefyd. Mae
ganddo wraig. Fe wyddost ti hynny debyg. Ond mae
ganddo fe fenywod eraill hefyd. Rwy wedi ei glywed e'n eu
ffonio nhw o'r fan hyn. Mae e'n mynd i dy frifo di, yr un
fath ag y mae e'n fy mrifo inne.

Syllodd Alys yn ddwfn i lygaid y claf. Ysgydwodd ei
phen yn drist wrth dwcio ymylon y blanced yn dwt o dan
y matras.

'Wyddoch chi beth? Mae gen i ryw deimlad eich bod
chi'n clywed ac yn deall. Un dydd, ar ôl i chi wella, fe
gewch chi'r cyfle i ddweud y cyfan wrtha i. Unwaith y
bydd yr hen hunlle yma drosodd a chithe'n ddyn iach, fe
gewch chi adrodd y cyfan.'

Pam na wnei di wrando arna i, ferch? Fydd fy hunllef i
fyth drosodd tra bydd y bastard Andrews yn fy nhrin i. Fe
sy'n gyfrifol am yr hunllef. Hwnnw sy'n ei chreu hi. Helpa
fi! Plîs!

'Dyna lwcus ydw i. Mae gen i Martin. Ond gyda Helen
wedi mynd, does ganddoch chi neb.

Helen wedi mynd? I ble mae Helen wedi mynd? Wnâi
Helen fyth fy ngadael i. Mae hi'n siŵr o alw i 'ngweld i.
Gei di weld, Alys.

Gosododd ei llaw yn ysgafn ar draws ei dalcen.

'Dyna ni. Ceisiwch gysgu am sbel fach. Fe fydd Doctor Andrews yma toc.'

Wrth i Alys droi ei chefn, treiglodd deigryn i lawr boch Jim Humphreys. Doedd ganddo ddim i'w wneud ond disgwyl. Disgwyl – nid am un hunllef ond am ddwy. Gwyddai hyd a lled y naill, ond ni wyddai unrhyw beth am y llall, dim ond ei fod e'n arswydo rhagddi. Ac y byddai'n siŵr o gyrraedd yn brydlon ar drawiad hanner nos.

* * *

Teimlai Jim nad oedd y tawelyddion a gymerai wedi bod o fawr ddim lles iddo. Y tawelyddion a gymerai . . . Petai e'n medru, byddai'n gwenu. Cael eu gorfodi arno oedd y tawelyddion. A phetai'r nyrs yna, Alys, ond yn gwybod bod y cyffuriau gythraul yn gwneud llawer mwy o ddrwg nag o les iddo. Yn hytrach na gwneud iddo gysgu roeddent yn achosi hunllefau iddo – yn codi hen fwganod. Ond roedd e'n hollol ddiymadferth. Ni fedrai wrthod y tawelyddion. Ni fedrai hyd yn oed eu poeri allan. Fe'u bwydid i'w gorff drwy syrinj hypodermig.

Y sioc drydan honno wedyn gan yr Andrews ddiawl hwnnw. Cymaint o boen fel y gallai hitio'r to, pe medrai symud. A'r pigiadau sydyn, brathog hynny. Doedd e ddim yn meindio pigiadau'r nodwydd syrinj bellach. Roedd e wedi dod yn gyfarwydd â'r rheiny. Ond y blydi pigiadau sydyn yna gan y doctor. Roedd y rheiny'n artaith. Ac eto ni fedrai symud na llaw na throed i ddangos ei fod e'n teimlo'r boen. Doctor Andrews, y bastard. Roedd yn rhaid bod Doctor Mengele yn angel o'i gymharu â hwn.

Ni fedrai ddeall agwedd Andrews. A oedd e'n mwynhau arteithio cleifion? A oedd cleifion eraill yn yr ysbyty a orfodid i ddiodde'r un driniaeth fileinig ag a ddioddefai ef? Neu ai arbrawf cïaidd oedd hwn gan

Andrews, arbrawf a gâi, fel arfer, ei gynnal ar lygod neu foch cwta? Tipyn o'r ddau hwyrach. Ymddangosai Andrews fel petai'n mwynhau achosi poen iddo.

Neu ai bwriad Andrews oedd canfod faint o boen allai rhywun meidrol ei ddioddef cyn cracio'n llwyr? Ni fyddai'n rhaid i'r doctor ddisgwyl yn hir cyn cael ateb. Teimlai Jim fod ei holl gorff, heb sôn am ei enaid, wedi'i sigo. Ni fu erioed yn gredwr cryf mewn ewthanasia, ond petai rhywun yn cynnig marwolaeth ddi-boen iddo'r funud honno, fe'i derbyniai'n llawen. A oedd cosbedigaeth waeth yn bodoli? Rhywun yn dymuno marw, rhywun yn crefu am farw ond yn methu gwneud unrhyw beth i wireddu'r awydd. Heb hyd yn oed y gallu i ddatgan ei ddymuniad.

Crwydrodd ei feddwl yn ôl i'r prynhawn hwnnw pan oedd Helen yn hwyr yn dod 'nôl o'i siopa gan ei adael ef ag amser i'w ladd. Dyna ddechrau'r cyfan. Digwyddiad digon dibwys. Aeth ei feddwl yn ôl i'r siop bapurau lle gwelodd e'r cylchgrawn hwnnw oedd yn cuddio o dan gopi o Penthouse. Dyna gychwyn y cyfan. Helen, fel arfer, yn hwyr ac yntau ag amser ar ei feddwl. Amser i dindroi. Amser i fusnesa a chwilota. Enw'r cylchgrawn a ddewisodd oedd Haunted Britain, rhifyn arbennig oedd yn canolbwyntio ar ysbrydion yng Nghymru. Yr hyn a groesodd ei feddwl oedd y cwestiwn ynfyd – a oedd ysbrydion Cymru yn wahanol i ysbrydion Lloegr? A oedd ysbrydion Gogs ac ysbrydion Hwntws yn siarad yn wahanol? A oedd ysbrydion Gogs yn dweud, 'Smai, cwd?' tra byddai ysbrydion Hwntw'n dweud, 'Shwmai, pwrs?'

Er nad oedd ganddo fawr o ddiddordeb mewn ysbrydion, fe dalodd dair punt a hanner can ceiniog amdano. Roedd e'n gwthio'r cylchgrawn i'w boced y tu allan i'r siop pan gyrhaeddodd Helen, yn grwm o dan bwysau dau fag Asda gorlawn.

'Hylô, cariad,' meddai Helen. *'Sori bo fi'n hwyr.'*
Ac unwaith eto roedd hi'n hwyr.

* * *

Pan ddywedwyd wrth Martin Andrews fod arbenigwr ar salwch trawma a stiwpor yn dod ar ymweliad â Llwyn yr Eos teimlai fod ei gyfle mawr wedi dod. Roedd am gyflwyno Alastair Goodman i'w glaf arbennig, Jim Humphreys. Felly, pan gyrhaeddodd hwnnw stafell Humphreys, tynnodd Andrews y llenni o gwmpas y gwely yn ôl gyda balchder cerflunydd yn dadorchuddio'i gampwaith diweddaraf.

'Dyma'r claf wnes i sôn amdano wrthoch chi ar y ffôn. Mae hwn yn *enigma*: yn her go iawn.'

Mae 'na ddau o'r diawled yma heddiw. Fel petai un ddim yn ddigon. Adar corff wedi dod i blicio'r cnawd. Dwi ddim wedi gweld hwn o'r blaen. Dduw mawr! Siwt pin-streip. Mae hwn yn ddyn pwysig ac yn edrych fel petai wedi camu allan o ffenest siop yn Saville Row. Golygydd y Tailor and Cutter siŵr Dduw! Trueni bod ei fol robin goch yn tarfu ar y cyfan.

Roedd ffeil feddygol Jim yn gorwedd ar y bwrdd bach wrth droed y gwely. Cydiodd Goodman ynddi ac eistedd ar gadair gyfagos i bori'n bwyllog drwy'r ffeil, gan atalnodi ei ddarllen gydag ambell ebychiad. Pesychiad bach fan hyn, twt-twt fan draw. Ar ôl cwblhau ei ddarllen, caeodd y ffeil a thaflodd hi'n ddidaro ar droed y gwely.

'Ie, diddorol, Andrews. Diddorol iawn. Fe fyddwn i'n cytuno'n llwyr â'ch damcaniaeth chi mai achos o stiwpor sydd ganddon ni yma. Craff iawn, os ca i ddweud. Fe fyddai'n hawdd iawn i chi feddwl mai trawma o ryw fath oedd wrth wraidd y salwch.'

Gwenodd Andrews yn fewnol.

'Diolch. Mae hi'n hawdd camgymryd un am y llall.'

41

Nid dyna'r ffeil sydd angen i ti ei darllen. Gofyn iddo fe am y llyfr nodiadau sy'n ei boced. Yn hwnnw mae'r gwir.

'Rwy'n gweld i chi gychwyn drwy ei drin â Benzodiazepine. Cyffur dadleuol, wrth gwrs. Mae e'n berffaith ddiogel i naw allan o bob deg. Ond mae rhai cleifion yn medru mynd yn ddibynnol arno. Ar ben hynny, mae gorddefnydd yn medru bod yn ddrwg, yn medru achosi trawiad ar y galon.'

'Ro'n i'n ofalus iawn ynglŷn â hynny, Mr Goodman. Y mesur argymelledig unwaith y dydd.'

Unwaith, y diawl celwyddog? Ddwywaith o leiaf.

'Am ba hyd wnaeth y driniaeth hon bara?'

'Pythefnos. Doedd dim arwydd fod y cyffur yn gwneud unrhyw les, felly fe wnes i roi terfyn arni a throi at *ECT*.'

Celwydd. Rwyt ti wedi bod yn rhoi triniaeth drydan i fi o'r dechrau. Heb anaesthetig. Dweda hynny wrtho fe, y poenydiwr diawl!

'Call iawn, rwy'n gredwr cryf mewn *Electro Convulsive Therapy*. Mae e'n adfer tipyn o ynni i gleifion fel hyn. Mae e'n rhoi hwb iddyn nhw. Yn rhoi rhyw wmff ynddyn nhw, chwedl yr oes fodern. Ac os mai stiwpor iselhaol yw gwreiddyn y drwg, fel yr ydych chi'n ei awgrymu, yna fe all gael effaith gadarnhaol iawn ar y claf.'

'Ddylwn i barhau, felly, â'r driniaeth?'

'Dyna be fyddwn i'n ei argymell, Andrews. Er bod *ECT* yn medru cael effaith andwyol ar y cof. Mae e'n tueddu i wneud i'r claf gymysgu pethau. Ond fe wnaethoch chi'n iawn i atal Benzodiazepine. Mae e'n medru arwain at ddiffyg cwsg.'

Yn union!

'Mae e'n medru arwain at gynddeiriogi'r claf, creu casineb ynddo, a hwnnw'n gasineb dwfn. Casineb sy'n medru troi'n obsesiwn gan yrru rhywun i ladd weithiau. Er na fedra i ddychmygu hwn . . . ' Cododd y ffeil a syllu arni'n frysiog. ' . . . Mr Humphreys, yn lladd neb yn ei gyflwr presennol. Er, does wybod yn y byd beth sy'n mynd drwy'i feddwl.'

Iawn eto. Ac mae gen i achos, gwd boi!

'Y poer yn sychu wedyn. Oes yna arwyddion o hynny, gyda llaw? Mae hynna'n awgrymu stiwpor.'

'Yn bendant. Fe gaiff ei wefusau eu gwlychu'n rheolaidd.'

Dim diolch i ti. I Alys mae'r diolch am hynny.

'Mae e hefyd yn medru effeithio ar y golwg, yn troi'r golwg yn aneglur.'

Petait ti yn fy lle i, ac yn gweld yr hyn ydw i'n ei weld weithiau, yna fe fyddet ti'n ystyried hynny'n fendith. Ond rwy'n gweld ac yn clywed digon i wybod mai twyllwr yw blydi Andrews.

'Blinder parhaus wedyn. Ond y broblem gyda'r claf hwn yw'r ffaith na fedr e gydweithio â'r meddygon drwy siarad am ei salwch na thrwy gyfleu ei deimladau drwy unrhyw ddull.'

'Yn union. Fe rown i unrhyw beth am gael clywed yr hyn sydd ganddo fe yn ei feddwl.'

Un dydd, hwyrach y cei di. A phan ddaw'r diwrnod hwnnw, fyddwn i ddim am fod yn dy sgidiau di.

'Yn y cyfamser, felly, parhau gyda'r *ECT*?'

'Ie, Andrews. Rwy'n teimlo fod ganddoch chi glaf diddorol iawn fan hyn. Rwy'n edrych ymlaen yn fawr at glywed mwy am eich llwyddiant. R'ych chi'n delio ag achos diddorol iawn, achos prin iawn ym maes stiwpor. Ewch ymlaen â'ch gwaith da.'

Teimlodd Jim Humphreys ei lygaid yn halltu, nid gan boen y tro hwn ond gan rwystredigaeth.

* * *

Roedd gan Alys Wilson gyfrinach i'w siario. Ond fedrai hi

ddim dweud hynny wrth neb, ar wahân i Martin Andrews, wrth gwrs. Teimlai mor benysgafn fel y gellid credu iddi fod ar ddos o gocên. Roedd hi wedi profi lein o gocên unwaith mewn parti gyda Martin. Y noson gyntaf iddi fod yn ei gwmni. Noson parti Nadolig yr ysbyty. Roedd y stwff wedi gwneud iddi deimlo'n dda, fel petai hi'n dawnsio ar gwmwl candifflos. Ond doedd hi ddim wedi ei brofi byth wedyn. Doedd dim angen cyffur arni bellach i deimlo'n dda. Roedd Martin gyda hi. Roedd Martin yn paratoi i adael ei wraig. Ac yn awr roedd ei bywyd hi'n llawn. Roedd hi'n disgwyl plentyn Martin. Roedd bywyd yn dda.

'Meddyliwch, rwy'n mynd i fod yn fam! Rwy'n cario babi Martin!'

Os bydd e'n debyg i'w dad, fe fydd ganddo fe bâr o gyrn a chynffon.

Doedd hi ddim yn sgwrsio â Jim yn arbennig. Siarad â'i hunan oedd hi, yn ôl ei harfer, wrth dwtio'r stafell. Ond gan fod Jim yno, cystal iddo gael gwybod. Ddwedai Jim ddim wrth neb. Canodd yn hapus wrthi hi ei hun wrth dwtio silffoedd y cwpwrdd bach wrth ymyl y gwely.

'Rwy'n mynd i fod yn fam! Rwy'n mynd i fod yn fam!'

Wna i ddim ymuno yn y dathlu, Alys fach, os nad wyt ti'n meindio. Dwi ddim yn credu y bydd Doctor Andrews yn teimlo mor hapus â ti. Ti'n gweld, Alys fach, dyw ei wraig ddim yn gwybod am dy fodolaeth di, heb sôn am dy affêr di â'i hannwyl ŵr.

Ond dal i ddathlu oedd Alys, wrth iddi wacáu'r jwg ddŵr a'i hail-lenwi o'r tap â dŵr ffres. Y tro hwn trodd yn benodol at Jim.

'Chi fydd y tad bedydd.'

Os fydd e'n debyg i'w dad biolegol, fe fydde'n well i ti ei foddi fe yn y fedyddfa.

Pam oedd angen cymaint o ddŵr wrth ymyl gwely claf

na fedrai symud na llaw na throed? Wel, fe fyddai yno ar gyfer unrhyw ymwelydd. Ond doedd yna'r un ymwelydd yn galw i weld Jim Humphreys. Pam, felly, oedd angen cymaint? Roedd angen gwlychu ei wefusau, wrth gwrs, ond doedd dim angen cymaint â hyn. Byddai Alys yn gwlychu ei wefusau yn rheolaidd. Roedd ei wefusau bob amser yn sych. Ac o feddwl am hynny, gwlychodd ddarn o sbwng a'i dynnu'n ysgafn dros wefusau sychion y claf. Gwenodd wrth ei weld yn llyfu'r lleithder â blaen ei dafod. Canodd yn isel wrthi hi ei hunan.

'Si hei lwli, 'mabi
Mae'r llong yn mynd i ffwrdd;
Si hei lwli 'mabi,
Mae'r capten ar y bwrdd . . .'

Dewis anffodus o gân, os ca i ddweud, 'merch i, mor anffodus â dy ddewis di o gariad. Pan hwylith y llong, fyddi di ddim arni.

Ond dal i ganu a wnâi Alys.

'Si hei lwli, lwli lw,
Cysga, cysga 'mabi tlws,
Si hei lwli 'mabi,
Mae'r llong yn mynd i ffwrdd . . .'

Ond tawodd y canu wrth i Martin Andrews gyrraedd.
'Beth yw'r holl ganu? Rhywun wedi ennill y lotri?'
'Mewn ffordd.'
Gwenodd Alys ac edrychodd o'i chwmpas rhag ofn bod rhywun yn ei gweld. Yna cydiodd yn ei law a syllodd i'w lygaid. Gwenodd Martin arni.
'Wel, tyrd ymlaen. Be sydd wedi digwydd?'
'Mae'n bywyd ni'n llawn, Martin. Rwy'n disgwyl dy blentyn di.'
Tynnodd Martin ei hun yn rhydd oddi wrthi.

Gwelwodd. Bu tawelwch hir, ac ymddangosodd Alys yn nerfus. Nid dyma'r ymateb a ddisgwyliai ganddo.

'Wyt ti'n siŵr?'

'Yn berffaith siŵr.'

'Oes rhywun arall yn gwybod am hyn?'

'Neb. Ein cyfrinach ni.'

'Beth am dy feddyg di?'

'Dwi ddim wedi gweld meddyg eto. Gwneud prawf ar fy hunan, a gweld fod hwnnw'n bositif. Mae e'n mynd i fod yn sioc i Mam a Dad. Maen nhw'n henffasiwn cyn belled ag y mae cael plentyn cyn priodi yn y cwestiwn. Ond os ddaw dy ysgariad ti drwodd yn glou, does dim byd yn ein stopio ni i briodi cyn i ni ddweud wrthyn nhw.'

Eisteddodd Martin Andrews yn drwm ar y gadair ger y gwely. Pwysodd ymlaen a syllodd yn hir ar y llawr rhwng ei draed.

'Alys, mae hyn yn sioc i fi.'

'Wel ydi. Sioc i finne hefyd. Ond meddylia, mae gen ti well esgus fyth nawr dros adael Janis. Rwyt ti'n mynd i fod yn dad. Yn dad i 'mhlentyn i. I'n plentyn ni.'

Ond methu a wnaeth pob ymgais gan Alys i ysgafnu'r sefyllfa. Pwysodd Martin ei ben yn ei ddwylo.

'Hei! Dere mlân. Ti'n edrych fel petait ti wedi clywed fod dy fam-gu wedi marw heb adael dim i ti yn ei hewyllys. Paid â dweud dy fod ti'n siomedig?'

Gwenodd Martin rhyw wên fach ddigon gwanllyd.

'Na, na. Sioc, dyna i gyd. Ffaelu credu'r peth. Fi. Yn mynd i fod yn dad.'

'Wel, fe fedri di dorri'r newydd i Janis heno nesaf. Rwyt ti wedi bod yn disgwyl am yr amser iawn i ddweud wrthi amdanon ni'n dau. Yr amser iawn a'r rheswm iawn. Wel, dyma ti. Y cyfle a'r rheswm perffaith. Wyt ti am i fi ddod gyda ti i ddweud wrthi?'

Cyffrodd Martin drwyddo.

'Na! Na! Fe wna i ddweud wrthi. Gad ti bopeth i fi. Fe wna i setlo popeth.'

Syllodd ar ei watsh a tharodd ei law ar ei dalcen.

'Damio.'

'Beth sy'n bod?'

'Rown i fod cyfarfod ag Alastair Goodman cyn iddo fe adael am Lunden. Mae'n rhaid i fi ruthro. Yn y cyfamser, dim gair am yr hyn sydd wedi digwydd . . . '

'Sydd i ddigwydd.'

'Ie, hynny hefyd.'

Camodd Martin Andrews allan yn frysiog gan adael Alys yn gegrwth.

'Wel, dyna ymateb rhyfedd. Ai fel'na mae pob darpar dad yn ymddwyn?'

Nage, Alys fach, nid fel'na!'

* * *

Mae gen i ryw deimlad fy mod i'n gwella'n raddol. Rwy fel petawn i'n cofio pethe'n well, ddim yn unig cofio 'nôl dros ddigwyddiadau fy mywyd ond cofio pethe sydd ond wedi digwydd yn ddiweddar. Rwy'n cofio, er enghraifft, mor hapus oedd Alys ddoe o glywed ei bod hi'n feichiog. Fe fedra i gofio hefyd mor gyndyn oedd e, Andrews, i siario'i llawenydd.

Ond rwy'n dal yn methu deall ble mae Helen. Tybed a yw'r Andrews ddiawl yna'n gwrthod gadael iddi ddod i 'ngweld i rhag iddi amau rhywbeth? Fe ddwedodd Alys ei bod hi wedi mynd. Ond i ble?

Mae'r ddau yn sgwrsio drws nesa. Fe fedra i eu gweld nhw. Ac er nad ydyn nhw'n sylweddoli hynny, medraf eu clywed nhw hefyd. Gan fy mod i mor ddiymadferth, does neb wedi mynd i'r drafferth i ddiffodd yr intercom.

Mae e'n fêl i gyd heddi. Fe alla i ei weld e nawr yn wên

o glust i glust. Fe alla i glywed ei lais gwenieithus, fel triog cyfoglyd. Ond mae Alys, druan, yn llyncu'r cyfan.

Does neb o'r nyrsys eraill yn gwybod am yr affêr rhwng y ddau. Daw hynny'n amlwg yn y sgyrsiau rhwng Alys a'i ffrindiau. O, maen nhw'n amau rhywbeth, ydyn. Mae ymarweddiad Alys yn ddiweddar yn sicr o fod wedi bradychu ei theimladau. Ond does neb yn gwybod pwy yw'r cariad. Mae e, Andrews, wedi perswadio Alys i gau ei cheg.

'Pan ddaw'r amser, Alys, fe wnawn ni gyhoeddi wrth y byd a'r betws ein bod ni'n gariadon. Fe waeddwn ni'r newyddion o ben y mynydd uchaf. Tan hynny, rhaid i ni fod yn garcus. Mae'r ysgariad yn mynd yn ei flaen yn hwylus. Tua mis arall, ac rwy'n siŵr y bydd y cyfan wedi ei arwyddo. Ond dwi ddim am wylltio Janis. Mae hi'n ddigon o ddiawl i newid ei meddwl ar y funud olaf.'

Ie, dyna ddwedodd e. Dyna i chi sarff! Rhoi'r argraff i Alys fod ei wraig yn cael affêr, ac mai hynny sydd wedi ei yrru i freichiau Alys. Mae'r ddau yn y stafell nesa nawr, ond dydw i ddim wedi bod yn cymryd llawer o sylw gan fod y gweinyddwr wedi bod gyda nhw tan nawr. Ond gan fod hwnnw'n gadael, gadewch i ni weld, gadewch i ni wrando arnyn nhw. Mae e'n edrych fel sant erbyn hyn. Ond pan ddaeth e i mewn y bore 'ma, cyn i Alys gyrraedd, roedd e'n edrych fel y diawl ei hunan. Mae gan hwn fwy o wynebau na chloc y dre.

'Sori bo fi wedi gadael braidd yn bwt neithiwr. Ond roedd y newyddion mor annisgwyl, allwn i ddim o'i gymryd e mewn.'

'Fe alla i ddeall hynny, cariad. Roedd e'n sioc i finne hefyd. Ond sioc neis yr un fath.'

'Mae'r peth yn bendant felly? Rwyt ti'n bendant yn disgwyl?'

'Ydw. Meddylia, unwaith y daw'r ysgariad drwyddo fe allwn ni briodi cyn geni'r plentyn.'

'Wrth gwrs, cariad, fyddai dim byd yn well 'da fi. Ond tan hynny, taw piau hi.'

Y bastard digywilydd. Ond fe ganiata i gymaint â hyn i ti – rwyt ti'n ddiawl o actor.

'Alla i ddim disgwyl tan yr amser pan fedrwn ni ddweud wrth bawb ein bod ni'n gariadon, ac yn mynd i fod yn rhieni. Fe brynwn ni fwthyn bach yn y wlad, jyst ti a fi a'r babi. Fe alli di barhau â dy waith fan hyn tra bydda i adre yn wraig ac yn fam.'

'Bydd, fe fydd hi'n braf. Ond cofia, yn y cyfamser, dim gair. Petai Janis yn dod i wybod fe fydde popeth ar ben. Byddai'n rhoi stop ar yr ysgariad, jyst o ran sbeit. Wedyn fe fydde'n rhaid disgwyl blynyddoedd cyn iddi hi a fi ysgaru'n naturiol.'

Wnei di byth ysgaru'r diawl. Mae arian dy wraig yn mynd i sicrhau hynny. Falle fedri di dwyllo Alys ond wnei di mo 'nhwyllo i. Cofia, rwy wedi dy glywed ti ar y ffôn gyda dy wraig. Rwy'n gwybod y gwir, ond rwyt tithe'n gwybod, y bastard, na fedra i ddim dweud wrth neb.

Mae e'n gwisgo'i gôt nawr. Mae e'n gadael.

'Rhaid i fi fynd nawr. Ond gwranda, rwyt ti'n rhydd heno, fel finne. Beth petaen ni'n cwrdd yn dy le di? Beth am botel fach o win i ddathlu'n cyfrinach?'

Mae hi'n wên o glust i glust. Prin fedr hi ddal yn ôl rhag ei gofleidio.

'OK, yr hen ramantydd. Rown i'n meddwl y byddet ti'n hapus. Wela i di heno . . . Dadi!'

Y nefoedd, diolch i Dduw na welodd Alys yr olwg oedd ar ei wyneb pan drodd i adael. Roedd golwg mi-dy-ladda-i-di arno fe.

* * *

Rhyw slwmbran cysgu oedd Jim Humphreys pan ddihunwyd ef gan symudiadau o'r rhag-ystafell drws nesaf. Agorodd ei lygaid a gweld bod Andrews wedi sleifio'n ôl ac yn chwilota drwy'r cwpwrdd cyffuriau. Edrychai o'i gwmpas yn wyliadwrus. Tynnodd allan focs gwyn a hir gydag enw a oedd yn gyfarwydd i Jim. Drwy'r ffenest gallai weld yr enw mewn llythrennau gleision bras – BENZODIAZEPINE. Dyma'r cyffur a dderbyniodd Jim tan yn ddiweddar iawn. Dyma'r cyffur a ddisgrifiwyd gan yr arbenigwr a alwodd i'w weld fel un a allai, o'i or-ddosio, achosi trawiad ar y galon. Roedd y diawl yn mynd i ailgychwyn defnyddio'r cyffur.

Ond na. Gwthiodd Andrews y bocs yn ddwfn i boced ei gôt. Yna tynnodd allan o'r cwpwrdd focs arall. Roedd Jim yn gyfarwydd iawn â chynnwys hwn hefyd. Bocs yn dal nodwydd hypodermig oedd hwn. Gwthiodd Andrews hwnnw i'w boced arall. Yna agorodd ddrôr a thynnu allan focs hirsgwar gwyn. Gallai Jim weld mai bocs yn dal gwlân cotwm oedd hwn. Yna, agorodd gwpwrdd arall a thynnodd allan botel fach las. Cofiai Jim iddo weld rhywbeth tebyg o'r blaen. Nid yn Llwyn yr Eos. Ond ble? Bu potel fel honna yn ei law ef unwaith. Saethodd atgofion drwy ei feddwl fel tâp fideo yn rhedeg yn rhy gyflym. Gwelodd filwyr, eu hwynebau wedi eu duo, a dim ond gwyn eu llygaid yn bradychu eu presenoldeb. Clywodd ergydion yn cracian. A llais yn gweiddi. 'Taff! Hei, Taff . . . ' Gwelodd staen o waed yn lledu. 'Lennie! Na, Lennie, chei di ddim marw! Dihuna'r bastard. Dwyt ti ddim yn cael marw!'

Gwyntodd arogl chwerw, myglyd yn llenwi ei ffroenau. Roedd yr ymosodwyr wedi dechrau llosgi ceir a oedd wedi eu gosod fel llinell amddiffynnol ar draws y stryd. Yna gwyntodd rywbeth cryfach. Roedd y nwy CS a daniwyd at yr ymosodwyr yn cael ei chwythu'n ôl gan y gwynt. Pesychodd. Llanwodd ei lygaid â dagrau. Cyfogodd. Ble ddiawl oedd e?

Yna, tawelodd sŵn y tanio. Cliriodd y niwl. Arafodd, stopiodd y tâp fideo yn ei feddwl. Roedd e 'nôl yn Llwyn yr Eos yn syllu ar Doctor Andrews yn y stafell drws nesaf.

Aileisteddodd Andrews wrth y ddesg a thynnodd ffeil allan o'r drôr. Hon oedd y ffeil gofnodi ar gyfer cyffuriau. Gwelsai Jim e'n nodi yn y ffeil fanylion pan dynnai unrhyw gyffuriau allan o'r cwpwrdd. Bu wrthi am rai eiliadau yn ysgrifennu ac yn addasu.

Teimlai Jim yn sicr fod Andrews, ar ei liwt ei hun, yn mynd i ailgychwyn y driniaeth Benzodiazepine, er i'r arbenigwr hwnnw ei gynghori i beidio. Ond pam gosod y cyfan yn ei bocedi? Doedd y dyn ddim yn gall. Yn amlwg, arbrofi oedd yn bwysig i hwn, nid lles ei gleifion. Roedd yn ymddwyn fel Duw, gan benderfynu drosto'i hun a oedd ei gleifion yn haeddu byw neu farw. Roedd bywyd a marwolaeth yn ei law. Neu, o leiaf, yn ei boced. Gorddos o Benzodiazepine, a dyna ddiwedd ar fywyd Jim. A fyddai neb ddim callach. Dim ond Andrews.

Yna gwelodd fod Andrews yn syllu o'i gwmpas yn llechwraidd. Agorodd gil y drws ac edrych allan ar hyd y coridor cyn troi'n ôl ac eistedd wrth y ddesg. Deialodd rif, ac ymhen eiliadau cafodd ateb.

'Janis, fi sydd yma . . . Dim ond dweud y bydda i'n hwyr heno eto . . . Ie, gwaith yn galw unwaith eto. Ond paid â becso, fe fydda i'n rhydd nos yfory. Fe awn ni allan i'r theatr. Ac wedyn, adre at botel o win . . . Ie, neu ddwy. Nos da, cariad. Paid ag aros ar dy draed i fy nisgwyl i. Fe fydda i'n hwyr iawn heno. Mae gen i gymaint i'w wneud.'

Cododd Andrews ac edrych o'i gwmpas unwaith eto. Syllodd am ychydig drwy'r ffenest ar Jim cyn sleifio allan drwy'r drws argyfwng yn y cefn. Tynnodd Jim anadl o ryddhad. Ond dim ond dros dro. Doedd dim llawer o amser i fynd cyn hanner nos.

A Helen. Ble yn y byd oedd Helen? meddyliodd Jim.

Y Twyllwr

Weithiau mae modd edrych yn ôl ar ddiwrnod arbennig a dweud mai hwnnw oedd y diwrnod a newidiodd holl hynt bywyd rhywun. Yn hanes Jim Humphreys, dydd Sadwrn oedd y dydd hwnnw.

Diwrnod cyffredin oedd y dydd Sadwrn dan sylw. Cychwynnodd yn ddigon cyffredin, aeth yn ei flaen yr un mor gyffredin a gorffennodd heb fod yn wahanol i unrhyw ddydd Sadwrn arall. Dim ond wedyn y gallai weld sut y bu'n gatalydd i rywbeth a newidiodd ei fywyd yn llwyr.

Cychwynnodd y diwrnod fel y cychwynnai unrhyw ddiwrnod siopa. Bwriadu cychwyn am Aber am ddeg. Jim y tu allan yn y car yn canu'r corn i alw Helen allan. Dim sôn amdani. Jim wedyn yn penderfynu llenwi'r amser drwy olchi'r car gan ganu'r corn yn achlysurol bob deng munud. Dim sôn am Helen. Yna, tua hanner awr yn hwyr, pe byddai Jim yn lwcus, rhuthrai Helen allan o'r tŷ, ei gwynt yn ei dwrn.

'Pam na ddihunest ti fi'n gynharach?'

'Fe wnes i dy ddihuno di am wyth.' Jim yn edrych ar ei watsh. 'Hynny yw, dwy awr a hanner yn ôl.'

Helen yn gwthio'i hun i'r car, taflu bagiau gwag i'r sedd gefn. Yna gosod y gwregys diogelwch o gwmpas ei hysgwydd. Jim yn dechrau gyrru i ffwrdd.

'Stopia!'

'Pam? Beth sy'n bod nawr?'

'Bag llaw. Rwy wedi anghofio fy mag llaw. Mae'r cerdyn banc ynddo fe.'

Rhuthro 'nôl i'r tŷ, a deng munud arall yn mynd heibio. Rhedeg allan am yr eildro, ei bag o dan ei chesail.

'Wyt ti'n meddwl fedrwn ni gychwyn nawr? Neu a wyt ti am fynd 'nôl i'r tŷ i weld a yw'r gath wedi ei bwydo? Byddet ti'n anghofio dy ben oni bai ei fod e'n sownd wrth dy ysgwyddau.'

'Sdim isie bod fel'na. Mae angen amser paratoi ar bob menyw.'

Ie, Helen, fel arfer, yn hwyr. A'r un fyddai'r stori wedi cyrraedd Aber.

'Wela i di wrth y stesion am ddau.'

A Jim yn gwybod na fyddai unrhyw bwrpas iddo fod yno tan dri. A'r diwrnod hwnnw, doedd hi ddim yno am hanner awr wedi tri chwaith. Beth wnâi e? Roedd e eisoes wedi yfed peint yn y *Cambrian*. Fedrai e ddim mentro cael un arall. Ble fedrai e fynd i ladd amser? Fe arbedwyd ef rhag gorfod penderfynu gan y glaw a'r cenllysg. Ble allai gael lloches rhag y storm? Roedd siop bapurau lawr y ffordd ac adlen uwch y drws. Anelodd am honno.

Roedd y tywydd wedi troi yn od o sydyn. Un funud roedd heulwen wan diwedd Medi'n anwesu wyneb hagr y dref. Yna cododd hyrddiad o wynt a disgynnodd y gawod law a chenllysg. Hitiai'r pelenni bach ei wyneb fel gwreichion, fel pigiadau nodwyddau. Chwythai'r gwynt y dafnau glaw yn deilchion i bobman, a gyrrai'r talpiau cenllysg ar wib fel marblis gwynion ar hyd y palmant. Y storm a'i sydynrwydd wnaeth orfodi Jim i mewn drwy ddrws y siop. Fe ellid, felly, feio'r tywydd am ei bresenoldeb yn y siop. Ond na, petai Helen yn brydlon byddai'r ddau wedi medru cyrraedd caffi neu dafarn o flaen y storm.

O fynd i mewn, dilyn ei drwyn wnaeth Jim. Codi ambell gylchgrawn, taflu cip brysiog drosto a'i ailosod yn ei rigol ar y silff. Ni wyddai o hyd pam y cododd gopi o *Haunted Britain*. Doedd ganddo ddim y diddordeb lleiaf yn y goruwchnaturiol. Hyd y gwyddai, ni welsai ysbryd erioed yn ei fywyd. Ond yno y'i cafodd ei hun yn bodio drwy'r tudalennau.

Erthygl tua hanner y ffordd drwy'r cylchgrawn a ddenodd ei sylw. Yno roedd hanes dyn a sefydlodd ei hun mewn busnes fel bwriwr cythreuliaid proffesiynol. Cafodd Jim hi'n anodd penderfynu ai'r bwriwr oedd yn broffesiynol ynteu'r cythreuliaid. Roedd y Saesneg gwreiddiol yn ddiamwys. Y disgrifiad swydd fel yr ymddangosai yn y cylchgrawn oedd *Professional Exorcist*. I dditectif preifat fel Jim, dihunodd hyn ryw chwilfrydedd ynddo. Aeth at y cownter a thalu tair punt pumdeg am y cylchgrawn. A dyna fu un o gamgymeriadau mwyaf ei fywyd. Un camgymeriad ymhlith lliaws, mae'n wir. Ond hwn oedd y gwaethaf, y mwyaf tyngedfennol.

Pan gyrhaeddodd Helen ac ymddiheuro, fel y gwnaethai droeon cynt am fod yn hwyr, trodd y ddau am ddiod i lolfa'r Hydd Gwyn. Wisgi a sinsir i Helen. Tonic i Jim. Roedd y ddau wedi gadael y bar pan ruthrodd y barman allan â'r copi o *Haunted Britain* yn ei law.

'Fe anghofioch chi hwn, syr.'

Diolchodd Jim. Dylasai fod wedi melltithio'r llanc. Petai wedi gadael i'r cylchgrawn orwedd ar far yr Hydd Gwyn byddai popeth wedi bod yn iawn. Roedd y storm wedi tawelu erbyn hyn a cherddodd y ddau tuag at y car. Taflodd Jim y cylchgrawn o'r neilltu a'i anghofio am rai dyddiau. Yna, un bore wrth ei frecwast a'r llanc a ddosbarthai'r papurau dyddiol yn hwyr, cydiodd yn y cylchgrawn yn ddiog ddidaro a dechrau pori drwyddo. Cofiodd am y stori a ddenodd ei sylw yn y lle cyntaf ac aeth ati i'w darllen. Ac yno, uwchlaw ei greision ŷd a'i goffi du yr heuwyd yr hedyn a dyfai'n hunllef.

* * *

Pan fod gan rywun amser i'w ladd drwy edrych yn ôl, tuedda i bwyso a mesur ei weithredoedd, a'u cael – yn aml – yn brin. Mene, Mene, Tecel, Wparsin. Rhifodd Duw flynyddoedd dy deyrnas, a daeth ag ef i ben. Pwyswyd ti yn y glorian a'th gael yn brin. O ble ddaeth y geiriau yna i'w feddwl, tybed? Rhywbeth yn ymwneud â sgrifen ar y mur?

Sawl tro y cafodd gyfle i hel ac i chwalu meddyliau wrth ddisgwyl am Helen? Ni wyddai am unrhyw un a oedd mor amhrydlon yn ei fywyd. Fedrai hi ddim cadw amser. Roedd y cloc a diciai yn ymennydd Helen o leiaf ddwyawr yn araf. Waeth pryd y byddai hi'n dechrau paratoi i fynd i rywle, fyddai hi byth yn barod yn brydlon. Roedd wedi edliw iddi droeon y byddai hi'n hwyr ar gyfer ei hangladd ei hun.

Pe galwai dacsi i'w chludo i rywle neu'i gilydd, gorfodid i'r gyrrwr oedi am hydoedd y tu allan nes i Helen fod yn barod a byddai'r mesurydd yn tician drosodd ac yn costio ffortiwn fach i Jim. Helen oedd nawddsantes gyrwyr tacsi.

Erbyn hyn roedd Jim wedi blino ei cheryddu. Daeth i'r penderfyniad mai'r unig ateb fyddai taflu pob terfyn amser ymlaen awr neu ddwy. Os oedd ganddynt barti i fynd iddo am naw, fe ddywedai Jim wrthi fod y parti'n cychwyn am saith. Os oedd ganddynt apwyntiad â'r rheolwr banc am dri, fe ddywedai Jim wrthi fod yr apwyntiad am un. Ni allai Jim oddef cicio'i sodlau yn disgwyl amdani. Dyna'r adegau pan hedfanai ei gof yn ôl.

Roedd yna rai digwyddiadau a roddai iddo bleser wrth eu hail-fyw. Ond roedd eraill nad oedd am eu cofio.

Ond ni fedrai ddal dig tuag ati. Hi fu ei achubiaeth. Pan oedd ar ei fan isaf mewn bywyd, Helen wnaeth ei godi o'r pydew. Hi oedd ei loches rhag y storm.

Teimlai dristwch am nad oedd ei rieni wedi cael y cyfle i ddod i adnabod Helen. Byddai ei dad, y tynnwr coes mwyaf a fu erioed, wedi mwynhau cael y cyfle i'w gwylltio gyda'i storïau celwydd golau. Llyncai Helen bob stori. A byddai ei fam wedi bod wrth ei bodd yn ei chwmni yn trafod pwnc a fyddai o'r diddordeb pennaf i'r ddwy, sef Jim.

Er gwaetha'r boen a'r trallod a barodd iddynt, châi neb ddweud dim yn ei erbyn wrth ei rieni. Cael ei daflu allan o'r coleg. Ymuno â'r fyddin. Cael ei gloi yn y carchar. Colli cariad ei wraig a'i blentyn. Er gwaethaf popeth, ni chollodd gariad ei rieni. Ac yn awr, ac yntau mewn perthynas sefydlog a hapus o'r diwedd, roedd y ddau wedi mynd.

Bu'n edifar droeon am y trallod a achosodd iddynt. Ac yn fwy edifar fyth am iddo beidio ag ymddiheuro am hynny. Nawr, roedd hi'n rhy hwyr. O, am gael ddoe yn ôl!

* * *

'Dere mlân, Jim, neu fe fyddwn ni'n hwyr i swper. Yn hytrach na dilyn y llwybr, fe dynnwn ni blet ar draws y gors a mas i'r hewl fowr. Fe arbedith hynny bum munud i ni.'

'Ond fe fydd hynny'n golygu croesi'r nant. Fe wna i wlychu'n nhraed.'

'Na wnei, y lob. Mae hi'n ddigon cul i neidio drosti draw wrth ochor y warin. Ac ma' sgidie newydd gyda ti sy'n dal dŵr. Fyddi di'n iawn, gei di weld.'

Dilyn wnâi Jim, dilyn Ianto'n ffyddlon, ond weithiau,

ar ddiwrnod fel heddiw, yn anfoddog. Ond doedd wiw iddo wrthod croesi'r gors. Ac roedd Ianto wedi ei ddysgu i gadw at y mannau solet drwy neidio o un twffyn o frwyn i'r llall, fel rhydio afon. Hyd yn oed wedyn roedd yna beryglon. Un dydd, wrth iddo lanio'n solet ar glwmp mawr o frwyn, teimlodd rywbeth yn neidio allan o dan ei draed. Roedd wedi disgyn ar wâl ysgyfarnog, ac yn ei syndod a'i fraw fe ddisgynnodd Jim yn ôl ar ei din yn y gors. Byddai gwrthod mynd adre drwy'r gors, oherwydd ofn mor bitw â gwlychu ei draed, felly yn ddigon o esgus i Ianto ei wawdio eto a dweud wrth ei ffrindiau iddo wlychu ei draed. Ac yn waeth na'r gwawdio a'r gwatwar, fe ddisgynnai ris neu ddau ym meddwl Ianto. Doedd dim malais y tu ôl i wawd Ianto. Tynnwr coes oedd e. A mynnai Jim ddilyn ei ffrind ym mhopeth a wnâi.

Wedi bod yn edrych ar nyth pioden yng Nghoed y Wern yr oedden nhw'r diwrnod arbennig hwnnw. Roedd Jim newydd gael sgidiau newydd, rhai lledr ystwyth o siop Dai Crydd. Tystiai'r tabiau tynnu ar eu cefnau mai sgidiau cwmni John White oedden nhw. Erbyn hyn roedd staeniau mawn yn cuddio'r sglein. Ond doedd dim ots. Cyn mynd i'r tŷ byddai'n eu glanhau â dail tafol ac ni fyddai ei fam fawr callach o'i grwydradau. Hen bâr o sgidiau ei frawd hŷn oedd am draed Ianto, wrth gwrs. A hen ddillad ei frawd hŷn a wisgai.

Erbyn hyn roedden nhw ar lan Nant Felen, hanner y ffordd ar draws y gors. Yn awr fe ddeuai'r prawf mawr. Tua llathen, dyna i gyd, oedd lled y nant. Fe neidiodd Ianto'n hawdd a glanio'n sych ar yr ochr draw. Ond nid felly Jim. Disgynnodd un droed yn ddiogel ar y graean ar y lan arall ond am y llall, disgynnodd yn fyr ar garreg lithrig yng ngwely'r nant. Teimlodd ei droed chwith yn suddo i'r llaid, ac wrth geisio'i rhyddhau, llithrodd ei droed dde yn ôl a disgynnodd honno hefyd yn y nant.

Arbedodd ei hun rhag disgyn yn llwyr i'r dŵr drwy blymio'i ddwylo i waelod y nant a dal ei hun i fyny. Gwlychodd ei grys i fyny hyd at ei ddwy benelin. Llusgodd yn araf adre, a phob cam o'r ffordd, â'i sgidiau newydd yn llawn dŵr, clywai sŵn slwtsian ei draed. Gwawdiai'r sŵn ef yr holl ffordd adre. Slwtsh! Slwtsh!

* * *

Er gwaethaf ambell dro trwstan, rhaid fyddai i Jim gyfaddef iddo gael plentyndod hapus, yn wir, un breintiedig. Ef oedd y plentyn cyntaf yng Nglan Caron i gael pêl socer ledr go iawn. Teimlai ryw bleser gwyrdroëdig wrth weld plant y pentre yn syllu rhwng bariau llidiart yr ardd yn ei wylio ef a'i dad yn cicio'r bêl at ei gilydd. Ef oedd y cyntaf i gael pêl griced go iawn, un goch tywyll gyda gwrym ar gyfer ei throelli. Ef oedd y cyntaf, wedi iddo basio wyth pwnc yn Lefel O, i gael beic rasio, un lliw piws a oedd mor ysgafn â phluen.

Yn y coleg wedyn bu Jim yn freintiedig. Tra oedd ei ffrindiau oll yn gorfod gwneud y gorau o fyw mewn lletyau, câi Jim le tywysogaidd mewn fflat a brynwyd gan ei dad ar gyfer ei gyfnod yn astudio. Doedd garddio ddim yn talu mor dda â hynny, ond roedd ei dad wedi etifeddu celc bach reit sylweddol oddi wrth ei dad ei hun.

Yn y fflat gallai Jim ymddwyn fel y mynnai. Tra oedd gofyn i'w ffrindiau yn y tai lodjins a neuaddau preswyl fod i mewn erbyn hanner nos, câi Jim fynd a dod fel y mynnai. Tra na châi ei ffrindiau fynd â merched ar gyfyl eu stafelloedd, câi Jim fynd adre â pha ferch bynnag a gytunai i fynd gydag ef. A doedd dim prinder o'r rheiny.

Dim rhyfedd i Jim droi fwy at y bydol nag at academia. Mewn fflat cyfagos lletyai myfyriwr arall, Reuben. O Jamaica yr hanai Reuben, a phan dderbyniai lythyr oddi wrth ei rieni, ymhlyg rhwng y papurau byddai dail cannabis. Daeth Jim i hoffi'r baco digri, a threuliai aml i noson i fyny drwy'r nos gyda Reuben yn gwrando ar recordiau jazz.

Methodd Jim yn ei arholiadau, er mawr syndod i bawb ond iddo ef ei hun. A thân ar ei groen oedd gweld yr union fechgyn a fu gynt yn eiddigeddus ohono yn awr yn crechwenu wrth iddynt hwy fynd ymlaen i fod yn athrawon neu'n weision sifil mewn swyddi saff. Y gwir amdani oedd bod mwy o allu ym mys bach Jim nag oedd rhwng clustiau'r un o'i ffrindiau. Ond heb gynffon ar ôl ei enw, teimlai nad oedd e'n neb.

Hysbyseb mewn papur newydd a wnaeth iddo benderfynu ar ei gam nesaf. *Join the Army and See the World!* Dyna oedd yr hysbyseb. Cofiai sylw doniol ei Wncwl Jac. *Join the Navy and See the Next World!* Ni ddifarodd ymuno â'r fyddin. Fel milwr cafodd y pleser o deithio'r byd gan wireddu'r hysbyseb papur newydd. Chwe mis yng Nghyprus, lle'r oedd Famagusta yn llawn merched siapus a pharod eu ffafrau. Mewn cyferbyniad llwyr â hynny, bu ar ddwy gylchdaith yng Ngogledd Iwerddon, profiad a ddaeth ag ef yn agosach at ddisgrifiad ei Wncwl Jac o fywyd y fyddin nag un y *Daily Mirror*. Cofiai'r noson honno yn y Falls Road pan saethwyd yn farw ei gyfaill gorau, Lennie Worrall o Lerpwl. Deunaw oed oedd Lennie. Mwy na thebyg nad oedd yr un a'i saethodd fawr hŷn. A beth petai'r saethwr wedi symud blaen ei ddryll lathen i'r dde? Petai wedi dewis gwneud hynny, yna Jim fyddai wedi ei gludo'n urddasol, yn farw mewn arch o dan gochl Jac yr Undeb. Yn arwr dros ei wlad.

Roedd Jim a Lennie wedi eu hynysu oddi wrth weddill y criw ac yn cuddio y tu ôl i wal isel. Yn dilyn cawod o fwledi, distawodd y tanio.

'Rwy am ei mentro hi, Jimmy. Mae'n rhaid i ni

ailymuno â'r gweddill neu fydd ganddon ni ddim gobaith.'

'Na, Lennie, rho bum munud arall. Disgwyl i un ohonon ni godi'i ben mae'r bastards. Paid â'i mentro hi,'

Ond na, gwrthododd Lennie wrando. Yn araf, dringodd ar ei benliniau a chododd ei ben yn raddol dros y wal. Syllodd drwy'r ddyfais *night-sight* ar faril ei reiffl i droi nos yn ddydd.

'Mae hi'n edrych yn OK, Taff. Rwy'n credu y gallwn ni ei mentro hi. Maen nhw wedi cilio. Mae'r blydi llygod mawr wedi mynd 'nôl i'w tyllau.'

Ymsythodd Lennie yn araf, a chododd Jim yn araf wrth ei ymyl. A dyna pryd y clywodd Jim un ergyd. Un crac fel tân gwyllt. Disgynnodd Lennie fel sach y tu ôl i'r wal. Gafaelodd Jim yn ei radio a galw'n wyllt.

'Helô, Operation Tara . . . Helô, Operation Tara. Mae un ohonon ni lawr. Un lawr. Humphreys yn galw. Drosodd.'

Clywodd ryw sŵn cratsian dros ei radio, ond ni ddeallai air. Penliniodd uwchben Lennie. Roedd staen goch yn ymledu dros ei siaced fflac. Gwelodd glwyf ar ochr chwith gwddf ei gyfaill. Trodd ef ar ei gefn a gwelodd fod twll maint ei ddwrn uwchlaw ysgwydd dde Lennie. Dyna pryd y clywodd sibrwd o'r tu ôl i gornel arall y wal. Roedd un o'r bechgyn wedi llwyddo i ddod drwodd. Un o'r swyddogion meddygol.

'Taff, fedra i ddim symud o'r fan hyn, ond mi fedra i daflu'r bag meddygaeth i ti. OK?'

'OK. Rwy'n barod.'

Clywodd Jimmy'r bag yn disgyn wrth ei ymyl.

'Beth dwi fod i wneud?'

'Ydi e'n fyw?'

'Mae'n amhosib dweud.'

'Agor y bag . . . Nawr, fe deimli di becyn o wlân cotwm. Cymer ddarn allan. Nesaf, edrych am botel fach las.'

Gafaelodd ei law am botel. Tynnodd hi allan a'i dal i fyny yn y golau gwan. Roedd y lamp neon uwch ei ben wedi ei hen chwalu gan fwled. Sylwodd ar wawl las y botel.

'Mae hi gen i.'

'OK. Da iawn, ti. Agor hi ac arllwysa ran o'r cynnwys ar y gwlân cotwm.'

Ufuddhaodd Jim a theimlodd arogl cryf ether yn llenwi ei ffroenau. Doedd dim angen i'r medic ddweud mwy. Gwasgodd y pad dros geg a ffroenau Lennie. O leiaf, byddai ei hen gyfaill yn marw'n ddi-boen.

Aeth awr heibio, a Lennie wedi hen farw, cyn i'r gweddill o'i sgwad lwyddo i glirio'r strydoedd o gwmpas o'r saethwyr cudd Gweriniaethol. Mwy na thebyg mai dim ond dau neu dri oedd yno, ond roeddynt ar eu tir eu hunain ac yn adnabod pob twll a chornel. Cymerai lawer mwy nag awr i Jim anghofio'r noson honno. Yn wir, ni allai fyth anghofio. A byddai arogl yr ether yn ei ffroenau am byth.

Cyn iddo gael ei anfon i'r Chwe Sir edrychai Jim ar y Terfysgoedd fel dull o amlygu gwahaniaethau sectaraidd. Buan y sylweddolodd nad oedd a wnelo crefydd unrhyw beth â'r casineb. Cochlau cyfleus oedd Protestaniaeth a Chatholigiaeth i guddio dialedd a thorcyfraith fel gwerthu cyffuriau a dwyn. Oedd, roedd y Terfysgoedd wedi eu seilio ar sectyddiaeth. Câi buddugoliaeth y Brenin Billy ei dathlu o hyd ar y deuddegfed o Orffennaf mewn trwst drymiau Lambeg, a dynion gwirion yn gorymdeithio gyda hetiau bowler ar eu pennau. Byddent yn atgoffa Jim o'r dynion bach hynny yn yr hysbyseb *Homepride*. Ac adeg y Pasg byddai'r Catholigion yn gorymdeithio dan liwiau'r Faner Drilliw i synau a seiniau

Seán South a Roddy McCorley. Ac yn y canol safai Jim a'i debyg yn gwneud y gwaith mwyaf di-ddiolch dan haul.

Ni fedrai Jim ddeall sefyllfa lle câi plant eu codi o'r crud i gasáu eu cymdogion ac i ddysgu saethu drylliau *Armalite* cyn rhoi heibio eu teganau. Doedd dim yn gwneud synnwyr. Ar ddiwedd ei ail gylchdaith penderfynodd roi'r gorau i fywyd milwr. Dychwelodd gydag enaid clwyfus, ymennydd wedi ei sigo, nerfau brau a llond bocs o fwledi plastig i'w rhannu rhwng ei ffrindiau.

Cam naturiol i Jim ar ôl ffarwelio â'r fyddin fu ymuno â'r heddlu. Cychwynnodd fel cwnstabl yn Brixton, ac yn fuan, diolch i'w brofiad milwrol fe'i dyrchafwyd yn sarsiant cyn ei ddyrchafu eto drwy ei symud i'r *CID*. Yno, eto oherwydd ei brofiadau yng Ngogledd Iwerddon, cafodd ei ddesg ei hun fel Ditectif Arolygydd yn yr adran cudd-wybodaeth. Buan y gwelodd fod busnes a thor-cyfraith yn mynd law yn llaw yn Llundain yn union fel y gwnaent yn y Chwe Sir.

Golygai ei waith gymysgu â dynion amheus iawn. A buan iawn y'i rhwydwyd gan un o berchnogion clybiau'r West End. Neu felly y credai. Daliwyd Jim mewn sefyllfa na allai ddod allan ohoni. Yn dilyn galwad ddienw i'r heddlu fe'i canfuwyd yn anymwybodol yng ngwely putain gyda deng mil o bunnau mewn arian ffug yn ei boced. Diwedd gyrfa, diwedd priodas. Diwedd bywyd fel tad i blentyn deg mis oed. Gadawodd ei wraig ef, ac o fewn mis roedd hi'n byw gydag un o gyn-gydweithwyr *CID* Jim. A dyna pryd y deallodd iddo gael ei dwyllo nid gan rywun o'r byd gangsteraidd ond gan un o'i ddynion ei hun. Gwers anodd ei dysgu fu honno.

Blwyddyn yn y Scrubs, a honno'n flwyddyn hunllefus. Doedd carchar ddim yn rhywbeth y dymunai ar gyfer hyd yn oed ei elyn pennaf. Roedd yn uffern i garcharor

63

cyffredin. Ond i gyn-blismon, roedd drewdod y piso – a gwaeth – a deflid ato gan garcharorion eraill yn dal i lynu wrtho.

Ac yna, byw ar ei wits fel ditectif preifat, byw ar y ffin rhwng y cyfreithlon a'r anghyfreithlon. Mwy agos at yr ail na'r cyntaf. Wedyn dyna'i fam yn marw, flwyddyn yn unig ar ôl ei dad, a'r hen gartref yng Nglan Caron yn dod iddo ef. Ond cyn gadael sicrhaodd y byddai'n gadael ei farc – yn llythrennol – ar y cyn-gydweithiwr a wnaeth ddwyn ei wraig a blwyddyn o'i fywyd. Yn dilyn effeithiau ergydion coes caib ar gnawd ac esgyrn, treuliodd cariad newydd ei wraig dri mis mewn ysbyty. Pwy wadai nad oedd dial yn beth iachus? Aeth Jim adre a'r llyfr wedi'i gau.

Yna'r diwrnod tyngedfennol hwnnw a'i harweiniodd i'r siop bapurau oherwydd bod Helen yn hwyr. Ei arwain i'r siop bapurau? Ei yrru yno, ei orfodi i fynd yno. Ffawd oedd i'w gyfrif am hynny. Ffawd ar ffurf Helen. Eto i gyd, ni allai gasáu Helen. Hi oedd y peth gorau a ddigwyddodd iddo. A'r peth gwaethaf.

* * *

Teimlai Jim y byddai sefydlu ei hun fel arbenigwr ar yr ocwlt yn gam naturiol ymlaen. Byddai'n atodiad i'w waith fel ditectif preifat. Wedi'r cyfan, doedd chwilio a chanfod misdimanyrs gŵr neu wraig anffyddlon, chwilio am rywun a oedd wedi diflannu neu olrhain hen berthynas ar gyfer hawlio ewyllys, ddim yn wahanol iawn i chwilio am ysbryd a'i fwrw allan.

Doedd y ffaith nad oedd ganddo unrhyw brofiad yn y maes yn poeni dim ar Jim. Gallai ddysgu'r cyfan y byddai ei angen oddi ar y we, ac atgyfnerthu hynny trwy bori trwy lyfrau arbenigol. Yn union fel anghenion ditectif preifat, creu argraff a phresenoldeb oedd yr anghenraid mwyaf. Actio rhan, rhywbeth a ddeuai'n naturiol iddo. A châi gymorth parod Helen, actores wrth natur a chyn-actores o ran proffesiwn.

Fel ditectif preifat roedd ganddo eisoes y geriach angenrheidiol a allai ddod yn ddefnyddiol iddo fel arbenigwr ar y goruwchnaturiol. Roedd ganddo'r offer clustfeinio gyda'r mwyaf soffistigedig. Mater bach fyddai addasu'r offer hwnnw i chwarae sain a seiniau yn ôl. Roedd ganddo feicroffon cyfeiriadol. Dim ond ei anelu at dŷ neu hyd yn oed at stafell arbennig, a gallai glustfeinio ar unrhyw sgwrs. Meddai ar gamera bychan dim mwy o faint na phen ei fawd, un hawdd ei guddio. Ar ben hynny roedd ganddo'r dechneg i greu effeithiau ar y lluniau wrth eu datblygu. Hynny yw, gallai greu ysbrydion yn ôl y gofyn neu'r galw at bwrpas ffyliaid hygoelus, a phrofi eu presenoldeb drwy sain a llun.

Wrth bori ar y we canfu fod pob math ar offer ar y farchnad. Roedd y Pac Proton, neu i roi iddo enw llawer mwy technegol, y Pac Cyflymu Niwclear, yn fath ar ddyfais i ddal ysbryd. Ac o ddal ysbryd, gellid ei gadw'n gaeth yn yr Uned Ecto-Gyfyngiant. Geiriau gwag, ond geiriau da i greu argraff. Gellid prynu gwn i saethu ysbrydion, yr *Hecate Mk2 Sniper Rifle*, i roi iddo'i enw llawn. Yna ceid offer sganio ysbryd. Hynny yw, o ddal ysbryd byddai angen sicrhau mai hwn oedd yr ysbryd y bwriadwyd ei ddal yn hytrach nag unrhyw ysbryd arall a ddigwyddai fod yn y cyffiniau. Byddai'r offer sganio yn cadarnhau neu wrthbrofi hynny. Wedyn, peiriant atal ectoplasm. Peiriant hollbwysig. Ectoplasm, fel y gwyddai unrhyw heliwr ysbrydion gwerth ei halen, oedd y deunydd sy'n rhan o bob cyfryngwr ysbrydol. Ac yn goron ar y cyfan gellid prynu'r *Ectomobile*, sef cerbyd hel ysbrydion wedi ei addasu o fen transit ar gyfer cludo'r holl offer o gwmpas. Rwtsh llwyr, meddyliodd Jim. Gwastraff amser a gwastraff arian. Unig bwrpas y cyfan oedd creu argraff. Gallai Jim wneud hynny heb wario'r un geiniog.

Ar ôl mis o ymchwilio i'r maes goruwchnaturiol a dysgu anghenion gwahanol ddefodau ar gyfer bwrw allan ysbrydion aflan, teimlai ei fod yn barod i fentro i'w faes newydd. Hysbysebodd ei hun mewn cylchgronau arbenigol a oedd yn ymwneud â'r ocwlt. Talodd y fenter ar ei chanfed o ran cyhoeddusrwydd wrth i bapurau newydd, radio a theledu roi sylw iddo. Buan y'i derbyniwyd fel llais y wasg a'r cyfryngau ar ddigwyddiadau goruwchnaturiol honedig. Fe'i bedyddiwyd, yn ôl y disgwyl, fel *The Welsh Ghostbuster.*

Yn *Golwg* cafodd ei lun wedi'i gyhoeddi uwchlaw stori yn dwyn y pennawd, 'Jim Humphreys, Heliwr Ysbrydion'. Fe'i holwyd ar y *Post Cyntaf*, ac arweiniodd yr eitem honno at eitem estynedig a chryn ddadlau ar *Taro'r Post*. Cafodd ei weld ar *Wedi 3* ac ar *Wedi 7*, a phetai yna Wedi 8, Wedi 9 ac Wedi 10, byddai wedi cael ei weld ar y rheiny hefyd.

Aeth ei enw ar led, a holwyd ef ar raglenni Saesneg fel *Wales Today* a *Wales this Week*. Roedd Jim, heb fawr o ymdrech, wedi ei dderbyn fel arbenigwr ar y goruwchnaturiol. Profai'r cyfan yr hyn y bu Jim yn ymwybodol ohono o'i ddyddiau cynnar. Dim ond pregethu'r un bregeth dro ar ôl tro oedd ei angen. Yn fuan iawn deuai pobl i'w chredu. A phrofodd hefyd mai mwya i gyd y celwydd, mwya i gyd hefyd oedd hygoeledd pobl.

Petai'r cyhoedd ond yn gwybod y gwir, meddyliodd. Roedd Jim Humphreys yn anghrediniwr llwyr cyn belled ag yr oedd y goruwchnaturiol yn y cwestiwn. Nid oedd wedi gweld yr un ysbryd nac wedi bod yn dyst i unrhyw ddigwyddiad nad oedd iddo esboniad rhesymol a rhesymegol. Ar gyfer naw deg y cant o unrhyw achos amheus, teimlai fod esboniad naturiol. Am y deg y cant oedd yn weddill, twyll wedi ei greu gan bobl fel ef ei hun am resymau hunanol oedd y rheiny. Doedd yna ddim Duw. Ac o gredu hynny, rhesymegol oedd credu nad oedd yna Satan chwaith. A heb Satan, doedd yna ddim ysbrydion drwg. Buan y deuai Jim Humphreys i newid ei feddwl.

Deuai i sylweddoli fod Satan yn bod.

* * *

Y broblem fawr a wynebai Jim oedd Helen. Os oedd y cyhoedd hygoelus yn barod i lyncu ei rwdlan heb feddwl ddwywaith, doedd Helen ddim yn hapus i wneud hynny. Ac roedd e am i Helen fod yn hapus. Hi oedd wedi achub ei fywyd, i bob pwrpas. Yn ddiweddarach câi reswm dros feddwl mai hi wnaeth bron iawn ddwyn ei fywyd hefyd.

Heb Helen fyddai Jim ddim wedi goroesi'r gwarth a'r dolur o dreulio cyfnod yng ngharchar. Pan garcharwyd ef, doedd ganddo ddim i edrych ymlaen ato pan ddeuai allan. Roedd popeth wedi mynd, ei enw da fel plismon, ei wraig a'i blentyn – os ei blentyn ef oedd hwnnw – ei bensiwn, ei holl ddyfodol.

Fel rhan o gyrsiau adfer y carchar roedd un yn ymwneud â ffilm a drama. Yn absenoldeb unrhyw beth arall i wastraffu amser, ymunodd â'r cwrs. Ar y cychwyn ni chymerodd fawr o sylw o'r tiwtor. Cyflwynwyd hi fel Helen, ei henw cyntaf yn unig. Ac o dipyn i beth deallodd ei bod hi'n gyn-actores.

Yn araf tyfodd rhyw fath o ddealltwriaeth rhwng y ddau a buan y rhwydwyd Jim yn llwyr gan ei chymeriad. Yn wahanol i lawer y daethai i'w hadnabod yn ystod ei fywyd, cafodd y teimlad fod hon yn ddilys – yn hollol ddiffuant. Doedd dim byd yn ffals o'i chwmpas. Teimlai fod gonestrwydd yn goleuo yn ei llygaid gleision. Ac un tro, wrth i'r criw gael gwers ymarferol ar *The Quare Fellow* gan Brendan Behan, drama wedi ei gosod mewn carchar, gafaelodd Helen yn ei law wrth ei arwain drwy ei linellau. Yn araf, tynhaodd Jim ei afael a sylweddolodd fod Helen, yn ei thro, yn cydio'n dynnach yn ei law ef. Trodd y ddau i edrych ar ei gilydd ac yn y foment honno teimlodd Jim fod yna rhyw drydan rhyngddynt.

Ni ddigwyddodd unrhyw beth pellach wrth i garchariad Jim ddirwyn i ben. Ond ar y diwrnod y rhyddhawyd ef, wrth iddo gerdded allan drwy ddrws mawr y Scrubs gwelodd fod rhywun ar draws y ffordd yn disgwyl amdano. Helen.

'Mae'n beth da eu bod nhw wedi bod yn ddiweddar yn dy ryddhau di. Rown i'n hwyr yn cyrraedd.'

'Gwell hwyr na hwyrach. Diolch am fod yma.'

'Rwy'n cymryd nad oes gen ti le sefydlog i fynd iddo? Dim fflat ym Mayfair na dim byd felly?'

Gwenodd Jim.

'Na, dim ond gwely mewn hostel yn Battersea.'

'Fe allai fod yn waeth. Fe allen nhw fod wedi cael lle i ti yn y cartre cŵn.'

Diwedd y gân fu i'r ddau ddechrau byw gyda'i gilydd mewn fflat yn Holborn. Roedd Helen yn dal i gael ei chyflogi fel darlithydd yn y carchar tra aeth Jim ati i geisio'i lwc fel ditectif preifat.

O dipyn i beth daeth Jim i wybod mwy a mwy am gefndir Helen. A hithau'n ifanc roedd hi wedi bod o dan ddylanwad cyffuriau, a'r smygu canabis cymharol ddiniwed yn araf droi'n gyffur caled a wnaeth deneuo'i chorff a phydru ei meddwl. Trodd o fod yn ddefnyddiwr i fod yn werthwr, a hynny a'i gyrrodd i gell yng ngharchar Holloway. Yno, yn wahanol i'r mwyafrif mawr o ddefnyddwyr tebyg iddi, fe'i hachubwyd gan ei diddordeb yn y llwyfan. Pan ryddhawyd hi cafodd rannau bychain mewn dramâu llwyfan, a hyd yn oed ar deledu. Ond yn dilyn ei phrofiad yn y carchar, teimlai mai ei phwrpas mewn bywyd oedd helpu anffodusion eraill a oedd wedi disgyn yn aberth i gyffuriau. Cafodd waith gan y Gwasanaeth Carchardai fel darlithydd yn y cyfryngau.

Yr hyn a seliodd garwriaeth Jim a Helen oedd eu hoffter o fynd i'r sinema. Ac roedd arwyddocâd arbennig i un ffilm, honno yr aethant i'w gweld ar noson rhyddhau Jim. Y ffilm oedd *To Have and Have Not*, gyda Humphrey Bogart a Lauren Bacall yn serennu. Uniaethodd y ddau eu hunain â rhannau'r ddau actor a'r ddau gariad. Byth wedi hynny, wedi rhyw ddiferyn neu ddau yn ormod, byddai Helen a Jim yn galw'u hunain a'i gilydd yn Morgan a Slim. A'u hoff ddywediad oedd hwnnw o'r ffilm, *'If you need anything, just whistle'*.

Weithiau byddai Helen yn cael ei galw i ryw gynhadledd neu'i gilydd a Jim yn gorfod treulio cyfnod oddi cartref tra oedd ar drywydd gŵr neu wraig anffyddlon. Pan ddeuai amgylchiadau felly i wahanu'r ddau dros dro, byddai un yn siŵr o ffarwelio gyda'r geiriau, 'Os fyddi di byth angen rhywbeth, jyst chwibana'.

Daeth un o ganeuon y ffilm yn bwysig iddynt hefyd, yn wir, yn anthem eu bywyd. Teimlent mai eu cân nhw bellach oedd honno a ganwyd gan Hoagy Carmichael yn y ffilm:

> *How little we know,*
> *Maybe it happens that way*
> *Maybe we really belong together,*
> *But after all, how little we know.*

Roedd y gân yn ddarlun o'u bywyd, y ddau wedi dioddef ac wedi dysgu digon erbyn hyn i beidio â chymryd unrhyw beth yn ganiataol.

Maybe you're meant to be mine,
Maybe I'm only supposed to stay in your arms a while
As others have done,
And, after all, how little we know.

Yn wir, gymaint yr aeth Jim a Helen o dan groen y cymeriadau fel y credent nad oedd y naill na'r llall ond un chwibaniad i ffwrdd.

* * *

Yr allwedd i unrhyw lwyddiant mewn busnes, os nad ydych chi'n lleidr banc, yw cyhoeddusrwydd. Sylweddolai Jim Humphreys hynny gymaint â neb. Ac roedd ganddo'r cynllun perffaith ar gyfer hynny. Ond yn gyntaf byddai angen cymorth rhywun llwgr a diegwyddor, rhywun yr un mor llwgr a diegwyddor ag ef ei hun er mwyn cyflawni'r cynllwyn. Ac roedd ganddo'r fath ddyn mewn golwg.

Yn byw yn y pentref, yn wir, yn berchen ar hanner y pentref, roedd gŵr a werthai ei fam-gu am botelaid o wisgi. Na, doedd hynny ddim yn wir. Byddai Rowley Walters yn gwerthu ei fam-gu am un tot o wisgi. Doedd yna'r un sgâm, yr un tric dan-din na wyddai'r Cynghorydd Sir (Cadeirydd y Pwyllgor Tai) amdano. Yn wir, doedd yna'r un sgâm, yr un tric dan-din na phrofodd.

Rhentai Rowley ei wahanol dai drwy'r DSS. Golygai hynny ddenu broc môr cymdeithas o Lerpwl a Birmingham i Lan Caron.

Trigai Rowley ei hun tua thair milltir allan o'r pentref lle na fyddai'r giwed aflafar a diwerth a drigai yn ei dai yn tarfu arno. Yno, gyda'i wraig hir-ddioddefus, dau was a oedd yn berchen ar hanner ymennydd rhyngddynt a dau gi Rottweiler, yn ymddangosiadol roedd yn byw bywyd y gwladwr bonheddig. Ond roedd ei fysedd yn futrach na bysedd cliriwr carthffos.

Mater hawdd, gyda chymorth potelaid o wisgi, fu perswadio Rowley i gydweithio. Teimlodd Jim mai'r dull gorau fyddai datgelu ei gardiau o'r cychwyn cyntaf.

'Oes gen ti dŷ yn wag?'

Gwenodd Rowley.

'Ydi'r môr yn hallt? Pam, beth yw'r broblem? Dwyt ti byth yn symud mas oddi wrth y bishyn yna sy'n siario'i chartre â ti?'

Daliodd Jim ei dymer. Gwyddai fod yr hen ferchetwr trachwantus â'i lygad ar Helen.

'Na, dim byd fel'na. Mater o fusnes bach sydd gen i mewn golwg. Rhywbeth a allai fod o fudd i'r ddau ohonon ni.'

Closiodd Rowley. Roedd Jim yn siarad ei iaith ef nawr.

'Cer mlân. Rwy'n gwrando.' Slopiodd Jim fesur sylweddol arall i mewn i'w wydr.

Amlinellodd Jim ei gynnig. Roedd am i Rowley drefnu bod un o'i dai – hen fwthyn, os yn bosibl – yn cael ei osod drwy'r DSS i fam ddibriod neu un oedd wedi cael ysgariad a chanddi blentyn cymharol ifanc. Syllodd Rowley'n ddwys drwy'r hylif melyn yn ei wydr. Chwyrlïodd y gwydr gan wneud i'r darnau rhew ynddo dincial fel clychau ysgafn. Cododd, a cherdded o gwmpas.

'Nawr, dy fusnes di yw hyn. Ond a ydw i'n synhwyro rhywbeth i'w wneud â lluniau neu ffilmiau budr?'

Ni wyddai Jim a ddylai chwerthin ynteu wylltio.

'Wyt ti'n meddwl am funud fy mod i yn y busnes porn?'

'Wel, mae'r hyn rwyt ti wedi ei ddweud yn awgrymu hynny. Mam sengl. Pam arall fyddet ti am gael mam sengl yn byw yno? Ac am y busnes o gael plentyn cymharol ifanc yn byw yno, fedri di fy meio i am fod yn amheus? Alla i ddim fforddio sgandal.'

Y tro hwn, chwarddodd Jim.

71

'Gwrando, does dim byd yn y cynllun yma a all beryglu dy enw da.'

Cnodd ei dafod. Doedd Rowley Walters ac enw da ddim yn weddus i'w defnyddio gyda'i gilydd rhywfodd. Ond aeth yn ei flaen.

'Wnaiff y syniad yma sydd gen i ddim niwed i neb. Ond fe allai ddod â chyhoeddusrwydd da i fi – ac i tithe. Fe ga i gyhoeddusrwydd a fydd yn help mewn busnes. Ac fe gei di dy ganmol fel landlord sy'n poeni i'r byw am dy denantiaid. Beth allai fod yn well na hynna?'

Llyncodd Rowley'r abwyd – a'r wisgi – ac eisteddodd wrth y bwrdd i agor potel arall ac arllwys rhan sylweddol o'i chynnwys i'w wydr. Rhwbiodd ei ddwylo.

'Jim, rwyt ti'n siarad fy iaith i nawr. Beth wyt ti am i fi ei wneud? Dere mlân, rwy'n glustiau i gyd.'

• • •

Problem fawr Jim i gael Helen i gydweithio ag e ar achos a fyddai'n cyffwrdd â'r goruwchnaturiol oedd ei bod hi'n credu yn y peth ac yntau ddim. Yn nyddiau ysgol, a hithau yn ei harddegau canol, fe fu hi a rhai o'i ffrindiau yn ddigon gwirion i ymhél â'r bwrdd *ouija*, a chael eu brawychu'n llwyr un noson gan y canlyniadau.

'Fe wnaethon ni osod cardiau yn dangos llythrennau'r wyddor mewn cylch, a dau air, "Ie" a "Na". Wedyn dyma ni'n dechre gofyn cwestiynau. Ac fe ddwedodd y bwrdd *ouija* wrthon ni fod Julie, un o'n ffrindiau ni, newydd gael erthyliad. Fe wnaeth y bwrdd *ouija* sillafu'r cyfan allan o'n blaen ni – a deall wedyn ei fod e wedi dweud y gwir.'

'Rwtsh llwyr. Mae'r esboniad i hynna'n amlwg. Roedd un o'r merched yn eich plith chi'n gwybod y stori. A hi wedyn yn dylanwadu ar yr hyn roedd y gwydr yn ei sillafu. Dylanwadu heb sylweddoli hynny, hwyrach, ond dylanwadu'r un fath.'

Gwgodd Helen, a phan fyddai Helen yn gwgu, fe allai gymryd oriau iddi ddod yn ôl ati hi ei hun. Ond y tro hwn, yn ei hawydd i achub cam y byd seicig, wynebodd Jim ar draws y bwrdd a chydio'n dynn yn ei ddwylo.

'Sut fedri di esbonio hyn, felly. Ar y noson ddiwethaf i ni chwarae gyda'r bwrdd *ouija*, fe symudodd y gwydr yn gyflym i bedwar cyfeiriad. Arwydd o ysbryd drwg yw hynny. A'r noson honno, fe drawyd un o'r merched i lawr gan gar. Wnaeth y gyrrwr ddim stopio ond fe fu Carol yn yr ysbyty am fis. Wnaethon ni ddim cyffwrdd â'r bwrdd *ouija* byth wedyn.'

'Penderfyniad call iawn. Ddylai neb chwarae â'r anwybod, rwy'n cytuno. Ond mewn naw achos o bob deg mae yna esboniad syml. Glywaist ti am y Dynion Hysbys oedd yma yng Nghymru?'

'Do, ond wn i ddim llawer amdanyn nhw.'

'Wel, roedd nifer yn byw yn ardal Eisteddfa Gurig. Roedd e'n beth teuluol, y tad yn trosglwyddo'r Rhodd, fel y câi ei galw, i'r mab. Yn y dyddiau hynny roedd yna deuluoedd mawr, ac os byddai seithfed mab yn y teulu, byddai hwnnw'n cael ei ystyried fel rhywun oedd â dawn arbennig.'

'Dim sôn am Fenywod Hysbys, wrth gwrs!' taniodd Helen.

Gwenodd Jim a gadael iddi gael gwared â'i phwl ffeministaidd cyn ailgydio yn y sgwrs.

'Fe synnet ti faint o ran oedd gan y menywod yn y peth. Ond fe ddo i at hynna wedyn. Nawr, doedd dim byd yn seicig yn y Dyn Hysbys. Dyn clyfar oedd e; hynny yw, dyn llawer mwy clyfar a chyfrwys na'i gymdogion. Fe fyddai ei enw da fe wedi mynd o'i flaen e, diolch i lwyddiant ei dad, a thad hwnnw. Felly fe fydde pawb yn y fro yn byw mewn parchedig ofn o'r Dyn Hysbys.'

'A nawr, dyma tithe'n gwneud yr union beth ag y byddai'r Dyn Hysbys yn ei wneud. Twyllo pobl!'

Bu'n rhaid i Jim ei gwthio'n ôl i'w chadair cyn mynd ymlaen â'i esboniad a'i gyfiawnhad dros ei alwedigaeth newydd.

'Gwrando nawr. Roedd y Dyn Hysbys, er ei fod e'n dwyllwr, yn rhan bwysig o'r gymuned. Ef oedd yn tawelu ofnau pobl.'

'Ond os yw'r hyn rwyt ti'n ei ddweud yn wir, ef hefyd oedd yn creu'r ofnau yn y lle cynta!'

'Da iawn. Rwyt ti wedi ei deall hi. Y Dyn Hysbys fyddai'n hau ofnau ym meddwl pobl er mwyn iddo ef wedyn gymryd arno ei fod e'n tawelu'r ofnau hynny. Gad i fi roi un enghraifft i ti.'

Pwysodd Helen yn ôl. Ond parhau wnaeth yr olwg sinigaidd ar ei hwyneb.

'Roedd yna un Dyn Hysbys arbennig iawn yn ardal Llangurig. Nawr, roedd hwn yn byw gyda'i deulu mewn bwthyn ar y mynydd. O'r bwthyn fe fedrai weld i bob cyfeiriad. Pan welai e rywun yn dynesu yn y pellter byddai'n mynd i guddio yn y parlwr. Yna, dyma'r ymwelydd yn cael gwahoddiad i'r tŷ, a'i wraig yn esbonio fod ei gŵr wedi mynd bant ond y bydde fe 'nôl toc. A dyma fynd ati i baratoi'r ffordd. Fe fydde'r wraig yn holi bola berfedd yr ymwelydd, tra oedd y gŵr yn gwrando yn y parlwr. Ar ôl clywed y cyfan, fe âi'r Dyn Hysbys allan drwy ddrws y bac a dod 'nôl mewn drwy ddrws y ffrynt gan roi'r argraff ei fod e newydd ddychwelyd. Erbyn hynny, wrth gwrs, diolch i'w wraig siaradus, fe fydde fe'n gwybod popeth am yr ymwelydd ac yn medru ei gynghori ar beth i'w wneud. Fe âi'r ymwelydd adre gan dystio fod y Dyn Hysbys yn gwybod popeth amdano.'

Ond doedd dim troi ar Helen.

'Dim ond un enghraifft yw hynna. Esbonia di hyn i fi.

Roedd merch o'r enw Christine Sizemore yn dioddef o ben tost a phyliau o anymwybyddiaeth. Fe aeth hi at y meddyg a dweud wrtho iddi fynd allan i brynu dillad ffasiynol a chael pregeth gan ei gŵr am wneud hynny. Ond fedrai hi ddim cofio iddi fod allan. Y tro nesaf iddi fynd at y meddyg roedd hi braidd yn feddw ac yn smygu. Ond yn y bôn, menyw grefyddol, gul oedd hi. Yna fe esboniodd fod ganddi dri chymeriad cwbl wahanol.'

Chwarddodd Jim yn uchel.

'Fe alla i ddweud wrthot ti beth oedd yn bod ar honna. Roedd hi'n gwbwl wallgof!'

Gwylltiodd Helen.

'A beth am achos Christine Beauchamp. Pan oedd hi'n chwech oed, fe gymerwyd ei chwaer fach yn sâl. Credai'r meddyg ei bod hi'n dioddef o niwmonia. Ond fe gyfarfu Christine mewn breuddwyd â Iesu Grist ac fe ddywedodd hwnnw wrthi mai difftheria oedd ar ei chwaer. Fe ddywedodd Christine hynny wrth ei mam, ac fe aeth honno at y meddyg i adrodd y stori. O archwilio'r ferch yr eilwaith, canfuwyd mai difftheria oedd arni.'

'Cyd-ddigwyddiad.'

'Wel, beth am hyn? Roedd gan Christine ddwy bersonoliaeth. Roedd hi'n galw ei hun yn Eve, ac roedd yna Eve Black ac Eve White. Doedd y naill ddim yn medru gwisgo unrhyw beth neilon. Roedd hynny'n achosi brech dros ei chorff. Eto i gyd, pan fyddai hi'n troi yn Eve White, doedd dim problem.'

'Gan fod ganddi hi ddwy bersonoliaeth, oedd hi'n gorfod talu ddwywaith i'r seiciatrydd?'

Gafaelodd Helen yng ngwydr wisgi Jim a thaflu ei gynnwys drosto cyn rhuthro i fyny'r grisiau i'r gwely. Ond credai Jim iddo'i chlywed hi'n chwerthin yn dawel yn ei llofft. Gwenodd, llenwodd wydraid arall ac eisteddodd. Roedd ganddo waith i'w wneud.

* * *

Dewiswyd Bron Caron fel y lleoliad ar gyfer syniad mawr Jim Humphreys. Roedd yn un o fythynnod hyna'r fro ac yn sefyll chwarter milltir o'r pentref, yn ddigon pell rhag i'r paratoadau ddod i sylw rhai o'r pentrefwyr busneslyd. Byddai'n ddelfrydol ar gyfer gweithredu'r cynllun mawr. Bwthyn diarffordd oedd Bron Caron, dros ddau can mlynedd oed, ac roedd llechi trwchus gleision ar lawr y gegin – ffactor a wnâi waith Jim yn haws. Ond roedd un gorchwyl annifyr ganddo i'w wneud cyn rhoi ei gynllun ar waith. Roedd angen cuddio rhywbeth tan garreg las yr aelwyd. A doedd sgerbwd plentyn ddim yn beth hawdd i'w gael, yn enwedig esgyrn plentyn a oedd yn mynd yn ôl ddwy ganrif neu fwy.

Aeth Jim ar sgawt i'r fynwent. Canolbwyntiodd ei ymchwil ar y gornel bellaf, lle'r oedd y beddau hynaf. Doedd ganddo fawr o awydd cloddio er mwyn canfod esgyrn. Teimlai mai ei obaith gorau fyddai canfod bedd cist, lle'r oedd plentyn wedi'i gladdu. Golygai hynny y gallai ganfod esgyrn mewn arch a orweddai ar wyneb y ddaear, o fewn y meini wal ac o dan y beddfaen a orweddai'n wastad ar ben y waliau isel. Ar ôl chwilio am oriau, canfu'r bedd delfrydol. Prin y gallai ddilyn yr ysgrifen ar wyneb y garreg o dan gen y blynyddoedd. Dilynodd olion y llythrennau â'i fysedd.

MEWN BYTHOL HEDD
Jacob William Parry
Esgair Coed, Glan Caron
a fu farw
Hydref 21ain 1801
yn 45 mlwydd oed
a'i briod Mary
a fu farw

76

Ionawr 15fed 1802
yn 32 mlwydd oed
Hefyd eu plentyn
Anne
a fu farw
Mai 6ed 1800
yn flwydd oed
'Gadewch i blant bychain ddyfod ataf fi'

Rhieni wedi marw o fewn tri mis i'w gilydd, a hynny ddim ond ychydig dros flwyddyn ar ôl marwolaeth eu plentyn. Merch fach yn marw o ryw glefyd neu'i gilydd, mae'n debyg, a'i rhieni'n marw o dorcalon. Yna, y rhieni yn fuan wedyn yn eu tro yn cael eu claddu yn yr un bedd â'r plentyn, a rhywun – aelod o'r teulu, siŵr o fod – wedi gosod carreg dros y tri.

Crynodd Jim ac eistedd ar ymyl y maen gwastad. Safai'r bedd tua llathen o wal bellaf y fynwent, gyda'r llwybr a arferai arwain rhyngddo a'r wal wedi ei gau gan lwyni bocs, mieri ac eiddew ffrondiog yn glymau fel nadredd deiliog, heb sôn am sbwriel y blynyddoedd a chwythwyd yno gan y gwynt ac a adawyd fel broc môr wedi'r trai. Hen gynwysyddion polystyren, caniau cwrw, poteli a hyd yn oed hosan goch. Gwyddai, pe chwiliai'n fanylach, y deuai o hyd i gondom neu ddau hefyd. Hyn oll yn cadarnhau ei amheuon fod meddwon a chariadon yn mynychu'r lle.

Cliriodd Jim ryw ychydig o'r llanast a chododd ei galon wrth iddo weld fod rhan o un o waliau'r gist wedi dechrau dadfeilio. Ni fyddai angen iddo symud y garreg fedd o gwbl. Gallai sicrhau mynediad at yr esgyrn drwy'r twll yn y wal.

Y noson honno dychwelodd Jim gan gludo bar haearn – un pen iddo'n bigog a'r llall yn fflat – ynghyd â lamp drydan a sach. Gadawodd ei gar y tu allan. Ni ddwedodd wrth Helen, wrth adael y tŷ, beth oedd ei wir fwriad. Gwyddai na fyddai hi'n hapus ynghylch y syniad felly gwnaeth esgus fod ganddo waith i'w wneud yn Aber, yn cadw gwyliadwriaeth a chasglu tystiolaeth i fenyw briod am ŵr a oedd yn tueddu i grwydro. Fe allai fod wedi gwneud y tro â phresenoldeb Helen petai ond i sefyll y tu allan i'w rybuddio rhag i un o'r meddwon neu gariadon y gwelsai eu holion yn gynharach benderfynu troi i mewn i'r fynwent am resymau gwahanol ar ôl stop tap.

Aeth Jim ar ei liniau rhwng y bedd a'r wal a dechreuodd rwygo'r llwyni bocs allan o'r ddaear nes iddo lwyddo, yng ngolau ei lamp drydan, i gyrraedd y twll yn wal y bedd. Tynnodd allan ambell garreg rydd a gwthiodd ei law ac yna'i fraich i mewn i'r gwacter. Sylweddolodd na fedrai wthio'i fraich i mewn yn ddigon pell, felly aeth ati – gyda chymorth y bar haearn – i ryddhau mwy o gerrig. Roedd y morter rhwng y meini wedi hen droi'n bowdwr sych fel blawd, felly gwaith hawdd fu lledu'r agen. Gwthiodd y lamp, ac yna'i ben i mewn i'r gwagle. Ar unwaith, llanwyd ei ffroenau ag arogl pydredd. Nid pydredd cnawd. Roedd cnawd y tad a'r fam a'r plentyn wedi hen ddiflannu oddi ar yr esgyrn. Na, roedd yr arogl hwn yn wahanol. Roedd hwn yn arogl a oedd wedi bodoli ers y cread. Hen arogl pydredd eneidiau oedd hwn. Sylweddolodd, am y tro cyntaf, fod gan feddau eu harogl arbennig eu hunain.

Gwthiodd Jim ei ben i mewn drwy'r bwlch yn y wal hyd at ei ysgwyddau. Caeodd ei lygaid am ychydig i geisio cael gwared â'r clawstroffobia a'i blinai. Yna gadawodd i belydr y lamp drydan bwerus grwydro o fewn y bedd. Bu bron iawn iddo ollwng y lamp pan ddisgynnodd ei golau ar bâr o benglogau yn ymwthio drwy bridd a phydredd. Jacob a Mary Parry, na fedrodd angau eu gwahanu. Roedd eu heirch, fel eu cnawd, wedi hen bydru o'u cwmpas gan fynd yn un â'r ddaear. Pridd i'r pridd. Lludw i'r lludw. Llwch i'r llwch. Crechwenai'r penglogau arno, a gwthiai llaw un o'r sgerbydau i fyny drwy'r pridd, a honno fel petai'n ei wahodd ymhellach i mewn i orwedd yn eu cwmni. Rhedodd rhyw ysgryd drwyddo.

Ond ble oedd esgyrn y plentyn? Gosododd y lamp i orwedd ar lawr y bedd a gwthiodd ei law a chwalu'r pridd rhwng y ddau sgerbwd. Bu bron iddo sgrechian wrth iddo afael mewn talp o feddalwch oer fel calon rhywbeth byw yn curo yn ei law. Yn ei fraw, gollyngodd y talp i syrthio. Trawodd ei ben yn galed yn erbyn un o'r cerrig. Daeth rhyddhad wrth iddo glywed crawcian llyffant. Trodd yn ôl at ei orchwyl gan ymbalfalu yma ac acw. Yna, rhwng y ddau sgerbwd, teimlodd ochrau bocs metel. Roedd Anne, y baban, wedi ei chladdu mewn arch o blwm. Gafaelodd yn ochr yr arch a cheisiodd ei lusgo'n rhydd o'i orweddfan. Ond glynai yno, yn union fel petai rhieni'r plentyn yn gwrthod gollwng gafael yn eu hepil. Gwthiodd ei hun ymhellach i mewn i'r bedd gan wneud lle i'w fraich chwith i ymuno â'i fraich dde. Gafaelodd yn ochr yr arch â'i ddwy law a thynnodd â'i holl nerth. Yn araf, ond yn sicr, gollyngodd y pridd ei afael ar yr arch fechan a llwyddodd Jim i'w thynnu allan o'i gorweddfan i'r awyr agored. Anadlodd yn ddwfn gan lenwi ei ysgyfaint ag awyr iach cyn codi clawr yr arch. Ynddi yn syllu arno roedd socedi gweigion penglog Anne Parry, blwydd oed. O dan haen o garpiau brau gorweddai sgerbwd y plentyn.

Agorodd Jim geg y sach y daethai â hi gydag ef a gwacaodd y cyfan o gynnwys yr arch fechan i mewn iddi. Yna gwthiodd yr arch yn ôl i'r bedd, ailosododd rai o'r cerrig mwyaf ac aildrefnodd y llwyni bocs a'r rwbel arall yn ôl rhwng wal y fynwent a wal y bedd. Taflodd y sach ar ei ysgwydd a gafaelodd yn ei lamp a'r bar haearn cyn troi'n ddiolchgar am glwyd y fynwent ac at ei gar. Synnodd at ysgafnder y bwndel esgyrn wrth iddo osod y sach o'r golwg yng nghist y car.

Ar ôl cyrraedd adref, gadawodd Jim y bwndel esgyrn yn y siêd. Roedd Helen yn cysgu'n braf. Ond er gwaetha'i sinigiaeth ar faterion goruwchnaturiol, cymerodd gryn amser i Jim syrthio i gysgu'r noson honno. Pan gysgodd o'r diwedd, buan y'i dihunwyd gan Helen.

'Jim, wyt ti'n clywed y sŵn yna?'

'Pa sŵn? Chlywa i ddim byd.'

Cododd Helen ar ei heistedd a chlustfeinio.

'Rwy wedi'i glywed e sawl tro yn ystod y nos. Mae e fel sŵn baban yn crio. Sh! Dyna fe eto!'

Roedd Helen yn iawn. Yr oedd yno sŵn, a hwnnw'n hen sŵn annifyr. Clywodd Jim alwad unig, hen gri gwynfanllyd. Cri fel enaid mewn poen, petai enaid yn medru gwneud sŵn. Ceisiodd dawelu meddwl Helen.

'Cer 'nôl i gysgu. Llwynoges yn chwilio am gymar sydd 'na. Neu un o beunod y plas wedi crwydro.'

'Na, mae'r sŵn yma'n wahanol. Dwi ddim wedi clywed sŵn fel yna o'r blaen.'

'Tylluan wen sydd 'na, siŵr o fod. Mae 'na un yn clwydo bob nos yn y coed sydd yn y cae dan tŷ.'

Ond ni lwyddodd Helen i fynd yn ôl i gysgu'r noson honno. Cofiai o ddyddiau ei phlentyndod mai enw arall ar dylluan wen oedd aderyn corff.

* * *

Hen fwthyn fferm oedd Bron Caron, tŷ annedd gynt ar gyfer un o weision fferm y tir lle safai. Yn ôl ei gynllun, buasai'n dŷ hir ac iddo do gwellt cyn i berchennog fferm Ystrad Caron yn y saithdegau werthu'r tir ddarn wrth ddarn er mwyn talu'r biliau. Prynwyd Bron Caron a'r tir lle safai gan Sais a freuddwydiodd y gwnâi ffortiwn allan o fusnes merlota a gwahanol weithgareddau eraill cefn gwlad. Ond hwch yn hytrach na merlen a aeth drwy siop hwnnw.

Prynwyd y tŷ wedyn gan Rowley am hanner yr hyn a dalodd y Sais a'i droi yn gyntaf yn dŷ haf cyn i'w berchennog sylweddoli fod cartrefu rhacs gwladwriaeth les y dinasoedd yn talu'n well. Roedd y trefniant yn gweithio'n ddidrafferth. Y *DSS* yn danfon rhywun neu rywrai i fyw yn nhai Rowley ac yn talu'r rhent yn uniongyrchol i'w gyfrif banc. Doedd dim angen i Rowley hyd yn oed weld ei denantiaid. Unrhyw drafferth gan denant a byddai un – neu'r ddau – o'i weision yn galw yng nghwmni un – neu ddau – o'r Rottweilers. Doedd neb yn oedi'n hir iawn yn nhai Rowley.

Cyn i'r tenant nesaf ddod i fyw ym Mron Caron roedd gan Jim waith i'w wneud ar yr hen le. Cafodd fenthyg yr allwedd gan Rowley a bu'n brysur am rai dyddiau yn paratoi'r lle. Gosododd beiriant recordio ddim mwy na maint cledr ei law yn y sièd gefn a'i weirio i nifer o seinyddion bychain wedi eu gosod yma ac acw fel y câi'r sain ei ledaenu drwy'r tŷ. Nid recordio fyddai pwrpas y peiriant ond yn hytrach chwarae seiniau yn ôl. Roedd y peiriant yn gweithio trwy ddull rheolaeth bell y gallai ei gynnau neu ei ddiffodd drwy wasgu swits ar ddyfais a allai ei gario yn ei boced.

Y gwaith mwyaf oedd codi carreg yr aelwyd, cloddio twll oddi tani a gosod sgerbwd Anne Parry a'r cyfan a'i hamgylchynai i orffwys yno. Bu'n rhaid iddo fod yn wyliadwrus rhag croes-lygru'r hyn a gododd o'r bedd ag unrhyw ddeunydd cyfoes. Byddai arbenigwyr yn siŵr o archwilio'r olion a byddai unrhyw ddeunydd cyfoes ynddynt yn siŵr o gael ei ganfod.

Yn ffodus, y llawr pridd gwreiddiol oedd o dan y

garreg, felly doedd creu cuddfan i'r olion ddim yn broblem na allai caib a rhaw ei datrys. Ar ôl cloddio twll tua dwy droedfedd o ddyfnder a thair wrth ddwy ar hyd ac ar draws, gosododd y gweddillion ar waelod y twll, y benglog tuag at y lle tân a'r traed yn wynebu'r talcen arall. Roedd esgyrn y ferch fach wedi melynu a breuo. Bron iawn nad oeddynt wedi dychwelyd i ddeunydd y creu gwreiddiol. Clai i'r clai. Twtiodd y carpiau a guddiai'r esgyrn ac yna, er ei fod yn anghredadun, dywedodd ychydig o eiriau cysurlon uwchlaw'r gweddillion. Twyllodd ei hun mai er mwyn cysuro enaid y fechan y gwnaeth hynny yn hytrach nag er mwyn cysur a thawelwch ei enaid ei hun. Ni allai gofio darn addas o'r ysgrythur, felly trodd at hen rigwm bach a ddysgwyd iddo gan ei fam-gu pan oedd e'n blentyn:

'Wrth roi fy mhen bach lawr i gysgu,
Rhof fy hun yng ngofal Iesu,
Os bydda i farw cyn y bore,
Duw gymero f'enaid inne.'

Ychwanegodd 'Amen' tawel cyn gorchuddio'r cyfan â rhan o'r pridd o waelod y twll a oedd wedi ei gloddio ac ailosododd garreg yr aelwyd dros y cyfan. Aeth ati wedyn i frwsio llwch i mewn i'r rhigol rhwng y garreg a gweddill y llawr i gael gwared ag unrhyw arwyddion o ymyrraeth â hi. Wedyn golchodd y llawr yn hollol lân ac aeth â'r pridd oedd yn weddill a'i wasgaru yma ac acw ar hyd y cae cefn.

Roedd y llwyfan yn barod ar gyfer act gyntaf drama a allai roi hwb sylweddol i'w enw a'i yrfa.

* * *

Y tenant *DSS* nesaf a gafodd y fraint amheus o gael lloches ym Mron Caron oedd Jenny Wilson, mam sengl –

yn union yn ôl dymuniad Jim – a chanddi ferch fach dair oed, Meegan. Llygriad o Megan, mae'n debyg, er nad oedd awgrym fod yna un defnyn o waed Cymreig ynddi. Fe allai fod, er hynny, gan na wyddai'r fam pwy oedd y tad – gallai fod yn unrhyw un o ddwsin. Dydi heroin ddim yn stwff sy'n dda iawn am finiogi'r cof.

Sut lwyddodd Rowley i sicrhau tenantiaid delfrydol ar gyfer yr hyn oedd ganddo mewn golwg, doedd gan Jim ddim syniad. Yn wir, doedd e ddim am wybod. Y cyfan a wyddai oedd fod gan Rowley fys ym mhob brywes.

Gyda dyfodiad Jenny a Meegan roedd y ddrama'n barod i gychwyn, y llwyfan wedi'i osod a'r cymeriadau'n barod i'w feddiannu.

Ni wastraffodd Jim fawr o amser cyn rhoi ei gynllun ar waith. Ar noson gynta'r deiliaid newydd ym Mron Caron, aeth allan a pharcio ei gar tua chanllath i ffwrdd yng ngolwg y tŷ. Ychydig wedi hanner nos gwelodd yr unig olau ar y llofft yn diffodd. Gadawodd i hanner awr fynd heibio cyn iddo dynnu o'i boced y teclyn a fyddai'n rhoi cychwyn i'r peiriant sain yn y sièd, peiriant a wnâi, yn ei dro, gysylltu â'r seinyddion yn y tŷ. Gwasgodd y botwm. O fewn eiliadau, gwelodd olau yn cael ei gynnau yn un o lofftydd Bron Caron. Yna gwelodd ail olau yn cael ei gynnau mewn llofft arall. Yn amlwg, roedd y cynllwyn yn gweithio. Roedd y tenant newydd wedi cael ei dihuno gan blentyn yn crio. Roedd hi wedi codi i gysuro'i phlentyn dim ond i ganfod nad honno oedd yn gyfrifol am y crio.

Gwyliodd Jim mewn boddhad wrth i oleuadau gynnau yn eu tro ymhob stafell. Gallai ddychmygu teimladau'r fam. Roedd sgrechiadau baban yn llenwi'r tŷ, ond pwy oedd yn gyfrifol amdanynt? Tosturiodd Jim wrth y fam ifanc. Ar ôl tua deng munud, diffoddodd y peiriant a gyrrodd adre. Diwedd yr act gyntaf. Cyn perfformio'r ail act, byddai angen i'r ysbryd ailymweld â'r bwthyn. Yna rhaid fyddai lledaenu'r stori fod ysbryd ym Mron Caron. A byddai angen i'r stori honno gyrraedd y wasg a'r cyfryngau. Roedd Jim Humphreys ar drothwy enwogrwydd.

* * *

Am y trydydd tro, aeth Jim ati i droi tâp y peiriant fideo yn ôl i ddechrau'r rhaglen.

< < *Fast Rewind*

> *Play*

Sgrin wag, ond yna'r gair 'RHYBUDD' yn ymddangos mewn llythrennau breision. Troslais: Dylem rybuddio gwylwyr S4C y gall y rhaglen sy'n dilyn beri gofid ac anesmwythyd gan ei bod yn ymwneud â'r goruwch-naturiol.

Teitlau/ Miwsig Y Byd a'r Betws.

Llun o fwthyn Bron Caron. Y camera'n chwyddo nes i'r llun o'r tŷ lenwi'r sgrin. Y llun yn crynu, effeithiau mellt a tharanau. Agoslun o ddrws ffrynt y tŷ. Y drws yn agor yn araf dros seiniau dolenni rhydlyd yn gwichian. Yn ymddangos yn ffrâm y drws mae'r cyflwynydd, Prys ap Rhystud.

Darn i gamera:

Cyflwynydd: Faint ohonom fyddai'n fodlon cyfaddef ein bod ni'n credu yn y goruwchnaturiol? Mwy nag y tybiech chi. Mae ofergoeledd yn rhan ohonon ni, yn rhan o'n bod. Dyna pam fyddwn ni'n taflu halen dros ein hysgwydd chwith. Dyna pam na wnawn ni gerdded o dan ysgol.

Agoslun o wyneb y cyflwynydd.

Cyflwynydd: Mae'n rhaglen ni heno yn rhaglen arbennig iawn. Fe'n gwahoddwyd ni yma i fwthyn Bron Caron ym mhentref Glan Caron i fod yn dystion i ddigwyddiadau hynod iawn. Erbyn diwedd y rhaglen mae'n bosibl y bydd llawer ohonoch chi sy'n honni bod yn sinigaidd wedi newid eich meddwl yn llwyr.

Lluniau o fam a merch fach yn chwarae yn y parc lleol, y fam yn gwthio'r ferch fach ar swing.

Cyflwynydd: Dyma i chi Jenny Wilson a'i merch fach dair blwydd oed, Meegan. Pan symudodd Jenny a Meegan i fyw mewn bwthyn ar gyrion y pentref fis yn ôl, prin y gwnaethon nhw yn eu hunllef waethaf ddychmygu'r arswyd a fyddai'n eu hwynebu. Fe gaiff Jenny adrodd y stori.

Jenny: (Troslais) From the very first night . . . o'r noson gyntaf un fe gawson ni ein brawychu. Fe glywon ni, yn hwyr y nos, sŵn plentyn yn crio. Yn naturiol, fe gredais i ar y dechrau mai Meegan oedd yn crio yn y stafell arall. Ond na, roedd hi'n cysgu'n braf. Fe wnes i ei chodi hi o'i gwely a'i chario hi o gwmpas. Roedd y sŵn crio yn llenwi'r tŷ. Yna, o fewn tua deng munud, fe beidiodd. Ond fe ddaeth yn ôl – yn waeth – y noson wedyn . . . the following night.

Cyflwynydd, dros olygfeydd o'r tu mewn i'r tŷ: Erbyn yr ail noson fe fethodd Jenny ag aros yma eiliad yn hwy. Fe gododd hi Meegan o'r gwely a'i gosod hi yn y car. Yna fe yrrodd i'r pentref ac fe dreuliodd y ddwy weddill y noson yn ceisio cysgu yn y car.

Jenny, dros luniau ohoni hi a Meegan yn y car: I don't know what I would have done . . . Wn i ddim beth fyddwn i wedi ei wneud oni bai am Mr Rowley Walters, perchennog y bwthyn. Pan glywodd ef am ein profiad arswydus, fe wnaeth e ffeindio lle arall i ni . . . another place for us.

Torri at Rowley Walters, y tu allan i'r bwthyn: Yn naturiol, fel landlord cydwybodol, rwy'n poeni'n fawr am fy nhenantiaid. A'r peth lleiaf fedrwn i ei wneud oedd ffeindio lle i'r fam a'r ferch fach.

Yr hen fochyn budr. Mae e a finne'n gwybod pam wnaeth e drugarhau wrth y fenyw.

>> *Fast Forward*

Cyflwynydd: Y cam nesaf fu cysylltu â'r arbenigwr ar y goruwchnaturiol, Jim Humphreys, sy'n digwydd byw yn y pentref.

Sgwrs Cyflwynydd/Jim:

Mr Humphreys, beth oedd y peth cyntaf wnaethoch chi ar ôl clywed am y stori ryfedd hon?

Jim: Mynd draw i weld y lle drosof fy hunan, gyda chaniatâd y Cynghorydd Rowley Walters, wrth gwrs. Ac fe fuodd e'n barod iawn i helpu. (Y rhagrithiwr diawl!) *Roedd angen sicrhau nad oedd unrhyw dwyll, unrhyw chwarae triciau. Rhywun, er enghraifft, yn defnyddio recordydd i chwarae synau plentyn yn crio er mwyn brawychu'r fam a'i merch. Cyn-bartner, hwyrach. Ond doedd dim awgrym o hynny.*

Os dweud celwydd, dywedwch gelwŷdd golau!

Torri at Jim wrth ei ddesg gartref wedi ei amgylchynu â llyfrau ar yr ocwlt ac offer recordio, ffotograffig ac ati. Llais y cyflwynydd dros y lluniau.

Cyflwynydd: Fel arbenigwr ar yr ocwlt fe aeth Mr Humphreys ati i ystyried pob math o bosibiliadau. Ac mae e o'r farn fod yma ysbryd go iawn. Fe gaiff ef esbonio.

Jim: Fy marn i yw bod ysbryd plentyn yn aflonyddu ar Fron Caron. Y math mwyaf tebygol i gyniwair yno fyddai ysbryd a elwir yn Poltergeist. Mae'r Poltergeist yn ysbryd diddorol tu hwnt gan y gall fod naill ai'n ysbryd drwg neu'n ysbryd chwareus. Ystyr yr enw yw ysbryd swnllyd, un sy'n dylanwadu ar wrthrychau difywyd gan greu terfysg drwy gnocio, taro, creu sŵn traed, ysgwyd y gwely a gwneud i ddodrefn symud. Mae e'n rhan o faes paraseicoleg ac yn ffurf o seicosymudiad. (Fe fyddai Wncwl Jac yn galw hyn yn MCA, neu Malu Cachu

Adeiladol.) *Ceir tystiolaeth am y Poltergeist, er enghraifft, yn taflu llestri te o gwmpas. Digon diniwed, mewn gwirionedd. Ond gall fod yn ellyll dialgar hefyd, yn ysbryd sydd am unioni cam. Synnwn i ddim mai tynnu sylw at y ffaith ei fod am i'w weddillion gael eu claddu mewn daear sanctaidd mae'r ysbryd hwn.*

Cyflwynydd: Ydi'r Poltergeist yn ysbryd cyffredin?

Jim: Ydi, un o'r rhai mwyaf cyffredin. Mae yna ffilm enwog o'r un enw, wrth gwrs. Rwtsh llwyr. Ac yn llyfrau Harry Potter mae yna Bolatergeist o'r enw Peeves, er nad yw'n cydymffurfio â'r Poltergeist clasurol.

Cyflwynydd: Ond pam ymddangos nawr? Pam nad oes unrhyw dystiolaeth fod unrhyw un arall wedi cael profiadau arswydus ar hyd y blynyddoedd?

Jim: Cwestiwn da. (Gwenieithwr diawl!) Yn y ferch fach, Meegan, mae'r allwedd. Mae'r Poltergeist fel rheol yn gweithio neu'n adweithio oddi ar bersonoliaeth plentyn arall, plentyn go iawn sydd ar yr aelwyd. Mae'r plant hynny, fel arfer, yn tueddu i fod yn ferched. A'r merched hynny yn y cyfnod ychydig cyn y glasoed. Cred rhai mai'r newidiadau ym mhersonoliaeth plant ifainc o'r fath sy'n denu'r Poltergeist, a'r trawma o newid o blentyn i ferch ifanc. Ond fe all ddigwydd hefyd i blant bach fel Meegan.

Cyflwynydd (i gamera): Y cam nesaf wnaethon ni ei gymryd oedd gwahodd criw o arbenigwyr yma i geisio profi neu wrthbrofi presenoldeb ysbryd. Yn gyntaf fe wnaethon ni wahodd Jim Humphreys i sganio'r bwthyn am ysbryd er mwyn canfod ei leoliad. Bu'r canlyniadau yn anhygoel. Fe gewch chi nawr weld yn union beth ddigwyddodd.

Jim: (yn crwydro'r bwthyn gan ddal fforch gollen yn ei ddwylo): Does gen i ddim amser i'r dulliau modern gyda'u dyfeisiau crand. Yr hen ddulliau yw'r gorau bob tro. Fe fyddai Nhad yn defnyddio fforch gollen i chwilio am ddŵr.

87

Mae eraill yn defnyddio'r un ddyfais i chwilio am olew neu fetelau. Ond fe fydda i'n defnyddio'r fforch gollen i chwilio am ysbrydion.

Agoslun o'r fforch gollen a llais Jim drosto.

Jim: Fforch gollen tua blwydd oed fydda i'n ei defnyddio. Mae angen cydio'n dynn yn ochrau'r fforch gan ddal y goes i fyny. Yna, o ganfod rhywbeth, mae'r fforch yn troi drosodd yn llwyr i bwyntio at y lleoliad. A does dim fedra i ei wneud i atal y fforch rhag troi.

Lluniau o Jim yn crwydro'r bwthyn ond y fforch yn gwbl lonydd.

Cyflwynydd: Chawson ni ddim lwc o gwbl ar y llofft nac ar y grisiau. Ond o ddod i mewn i'r gegin fe ddigwyddodd rhywbeth cwbl anhygoel. Gwyliwch hyn.

Lluniau o Jim yn dynesu at garreg yr aelwyd. Mae'r fforch yn cynhyrfu ac yn troi'n gyfan gwbl rhwng ei ddwylo gan bwyntio'n union at y garreg.

Jim: Dyma ni. Mae 'na rywbeth, yn sicr, o dan garreg yr aelwyd.

Torri at ddau weithiwr gyda chaib a rhaw yn codi'r garreg ac yn dechrau cloddio tani yn ofalus. Ar ôl clirio'r haen uchaf o bridd, mae'r camera'n dangos fod yno ryw fath o olion.

Cyflwynydd: Mae hyn yn anhygoel. Yn union fel y proffwydodd Jim Humphreys, mae yna rywbeth yma yn y ddaear. Fe alwon ni arbenigwr ar archaeoleg fforensig batholegol o Brifysgol Caerdydd i mewn. Croeso, Mr Simon Flannagan.

Mr Flannagan: (Troslais) Thank you . . . Diolch yn fawr. Rwy wedi cael golwg fras ar y gweddillion sydd o dan garreg yr aelwyd ac, yn amlwg, mae esgyrn sgerbwd plentyn yma yn gyfan, ynghyd â gweddillion rhywbeth a allai fod yn amdo wedi pydru. Yn sicr, mae'r sgerbwd wedi bod yma ers canrif neu ddwy. Ar hyn o bryd fedra i ddim *manylu. Fe fyddwn i'n tybio, ar yr olwg gyntaf, mai gweddillion merch sydd yma. Ond pan wna i astudiaeth yn y lab, fe fedra i ddweud mwy . . .* tell you more.

>> *Fast Forward*

Cyflwynydd (dros luniau o Jim yn perfformio defod o sancteiddio'r bwthyn): Er y caiff y gweddillion eu symud i'r labordy, nid yw Jim Humphreys yn hapus i adael y bwthyn fel y mae. Teimla fod angen puro'r tŷ. Felly mae'n barod i berfformio defod y puro. Yn gyntaf mae'n arllwys dŵr wedi ei fendithio o gwmpas y fan lle claddwyd y plentyn gan adrodd gweddi bwrpasol.

Jim: Cyfarchaf di, o ysbryd colledig ac aflan, ffynhonnell malais, hanfod drygioni, tarddiad pob pechod, ti sy'n ymhyfrydu mewn twyll, halogiad, trythyllwch a llofruddio. Tynghedaf di, yn enw Crist, i adael corff yr hon yr wyt yn cuddio ynddi. Purwyd corff y plentyn yn enw'r Arglwydd. Mae dy nerth bellach yn pallu a'th deyrnas yn dadfeilio. Ble bynnag yr wyt yn cuddio, dos o'r lle hwn ac na fydded i ti fyth mwy gyrchu cuddfan mewn corff a gysegrwyd i Dduw. Dos o'r lle hwn i'r tywyllwch eithaf, lle gwnei drigo hyd ddiwedd y byd.

Agoslun o Jim yn taro'i frest deirgwaith â'i ddwrn wrth lafarganu.

Jim: Yn enw'r Tad, y Mab a'r Ysbryd Glân.

Torrwn at y cyflwynydd (i gamera): Fe ddylai bwthyn Bron Caron fod bellach yn lân o bob presenoldeb drwg. Yn y cyfamser, fe dderbynion ni wybodaeth gan Mr Flannagan yr wythnos ddiwethaf, a dyma gyfieithiad i chi o'i farn am y sgerbwd: Esgyrn plentyn tua blwydd oed sydd, yn ôl profion dyddio carbon 14, yn mynd yn ôl at droad yr ail ganrif ar bymtheg. Er na allaf fod yn sicr, mae'n ymddangos mai sgerbwd merch sydd yma gan fod esgyrn y pelfis yn lletach mewn merched nag ydynt mewn bechgyn, er ei bod hi'n anodd gwahaniaethu mewn plant

89

mor ifanc â hyn. Mae'n ymddangos i'r baban farw'n naturiol. Does dim olion toriadau i'w gweld yn unrhyw asgwrn. Mwy na thebyg iddi farw o ryw aflwydd fel y diciâu. Wrth gwrs, roedd disgwyliadau rhychwant oes plentyn yn y cyfnod hwnnw yn fyr iawn.

>> *Fast Forward*

Cyflwynydd y tu allan i'r bwthyn (darn cloi i gamera): A dyna ni, stori anhygoel sydd, mae'n siŵr gen i, wedi gwneud i lawer ohonom ailfeddwl ar fater y goruwchnaturiol. Ers i'r esgyrn gael eu canfod a'u symud, ac i Jim Humphreys gynnal defod o ryddhau uwch carreg yr aelwyd, does dim unrhyw arwydd o ymyrraeth oruwchnaturiol wedi ei ganfod ym Mron Caron. Yn wir, fe dreuliodd dau o'n hymchwilwyr ni ddwy noson yn cysgu yma heb deimlo unrhyw annifyrrwch. Ac am yr esgyrn, dymuniad y pentrefwyr yw iddynt gael eu bendithio gan Ficer y Plwyf a'u hailgladdu yn naear sanctaidd Mynwent y Plwyf.

Prys ap Rhystud yn ffarwelio ar ddiwedd rhaglen arall o'r Byd a'r Betws. Rhaglen ysbrydoledig, mewn mwy nag un ystyr. (Bastard clyfar). Nos da.

Miwsig/Teitlau/Stop.

Eisteddodd Jim yn ôl yn ei gadair yn llwyr fodlon ar ei fyd. Byddai cyhoeddusrwydd cystal â hyn wedi costio'n ddrud iddo fel hysbyseb. Llenwodd ei wydr â wisgi. Cododd y gwydr yn uchel. Yna yfodd Iechyd Da i HTV am fod yn ddigon gwirion i ffilmio'r stori, i S4C am fod yn ddigon gwirion i'w dangos ac i bob ffŵl hygoelus ar wyneb daear am ei llyncu.

* * *

Dychwelwyd gweddillion Anne Parry i Lan Caron mewn cist fechan dderw a'u gadael i orffwys yn Eglwys y Plwyf dros nos. Trefnwyd gwasanaeth, a daeth yr ardal gyfan ynghyd i ailddaearu'r plentyn, y tro hwn mewn llecyn sanctaidd.

Eisteddodd Jim Humphreys yng nghefn yr eglwys gyda Helen. Dyna pryd y trawyd ef gan y sylweddoliad mai dim ond ef a Helen, o blith y gynulleidfa, a wyddai enw'r ferch fach. Synnodd unwaith eto at fychander yr arch. Ond dyna fe, dim ond swp o esgyrn sychion oedd yn weddill o Anne. Buasai arch o faint bocs sgidiau wedi bod yn ddigon mawr. Ond er ei bod yn fychan, roedd yr arch wedi'i llunio'n gelfydd o'r derw gorau, a'r clasbiau'n disgleirio'n llachar wrth i belydryn o haul wthio'i ffordd drwy un o wydrau ffenest fawr yr eglwys gan greu enfys uwchlaw'r allor. Fel y prif gymeriad yn y ddrama, Anne oedd ar ganol y llwyfan ac yn hawlio'r sbotolau.

Cerddodd plant yr ysgol leol i mewn, pob un yn cario tusw o flodau gwyllt. Dilynwyd hwy gan Ficer y Plwyf yn ei lifrai eglwysig. Roedd y wasg a'r cyfryngau yno'n un haid, gan fod yn ddigon parchus am unwaith i gadw'r camerâu ar gyfer y tu allan yn unig.

Gweddïodd y Ficer ac yna traddododd araith fach ddigon pwrpasol ar thema'r ddafad golledig. Os oedd y ferch fach anhysbys a dienw hon wedi bod ar goll, heb unrhyw fai arni hi ei hun, roedd hi 'nôl bellach yn y gorlan yng ngofal y Bugail Da.

'Wnawn ni byth ddod i wybod pwy oedd hi. Wnawn ni byth wybod sut y bu farw. Wnawn ni byth wybod pam y'i claddwyd hi o dan garreg aelwyd Bron Caron yr holl flynyddoedd yn ôl. Ond eto i gyd, fedra i ddim llai na meddwl fy mod i'n ei hadnabod hi.'

Ddim cystal ag ydw i'n ei nabod hi, meddyliodd Jim.

Diolchodd y Ficer i'r rhai a fu'n gyfrifol am achub ei hysbryd rhag treulio tragwyddoldeb yn crwydro yn y tywyllwch eithaf. Diolchodd yn arbennig i'r cymwynaswr dienw a dalodd am arch deilwng i'r fechan. Gwenodd

Rowley Walters fel gât. Trodd i syllu ar y gynulleidfa er
mwyn gwneud yn siŵr fod pawb yn gwybod pwy oedd y
cymwynaswr dienw.

Yna canwyd emyn.

> 'Bugail Israel sydd ofalus
> Am ei dyner addfwyn ŵyn;
> Mae'n eu galw yn groesawus
> Ac yn eu cofleidio'n fwyn.'

Trodd Jim at Helen, a sylwodd fod dagrau'n cronni yn
ei llygaid. Cydiodd yn ei llaw a'i gwasgu'n gynnes.

> 'Gedwch iddynt ddyfod ataf,
> Ac na rwystrwch hwynt,' medd Ef;
> 'Etifeddiaeth lân hyfrytaf
> I'r fath rai, yw teyrnas nef.'

Canwyd y trydydd pennill gan y plant yn unig, a
theimlodd hyd yn oed Jim ryw lwmp yn ei wddf.

> 'Dowch, blant bychain, dowch at Iesu,
> Ceisiwch wyneb Brenin nef;
> Hoff yw'ch gweled yn dynesu
> I'ch bendithio ganddo Ef.'

Llifodd atgofion yn ôl drwy feddwl Jim, atgofion o'r
dyddiau pan fyddai ef ymhlith plant y fro yn canu yn yr
union fan ag yr oedd y rhain heddiw. Dyddiau hapus,
dyddiau diniwed, dyddiau da. Ond diwrnod du fuasai
hwn. Sylweddolodd mai'r tro diwethaf iddo glywed yr
emyn oedd mewn gwasanaeth angladdol arall pan
gladdwyd ei gariad cyntaf, Eirwen Thomas. Dim ond tair
ar ddeg oed oedd ef, a hi yr un oedran pan fu farw mewn
damwain â char, ond cynrychiolai gyfnod pan oedd
bywyd – a chariad – yn ddiniwed. Ar y pryd teimlai fod

marwolaeth Eirwen yn ddiwedd y byd. Ni sylweddolai
fod gwaeth, llawer gwaeth, i ddod.

> 'Deuwn, Arglwydd, â'n rhai bychain,
> A chyflwynwn hwynt i Ti;
> Eiddot mwyach ni ein hunain,
> A'n hiliogaeth gyda ni.'

Gweddïodd Prifathrawes yr ysgol, ac yn synau dwfn yr
organ cododd y Ficer yr arch fechan o'i gorffwysfan a'i
chario'n araf drwy'r eglwys ac allan i'r fynwent, gyda'r
gynulleidfa yn ei ddilyn. Cerddodd ymlaen at fedd
bychan yn y gornel, wedi'i dorri mor agos â phosibl i'r
beddau hynaf yn y fynwent. Yno roedd y torrwr beddau
yn disgwyl gan bwyso ar ei raw, ei gap wedi ei wasgu yn
ei law a llond ei ddwrn arall o bridd yn barod ar gyfer ei
ddefod arferol. Crynhodd y galarwyr o gwmpas y bedd
wrth i'r Ficer osod gweddillion Anne Parry ar lan y
beddrod. Llafarganodd y Ficer, ei eiriau'n nofio ar yr awel
yn gymysg â sŵn trydar adar a brefiadau ŵyn bach.

'Fel y tosturia tad wrth ei blant, felly y tosturia yr
Arglwydd wrth y rhai a'i hofnant ef.'

Sylweddolodd Jim fod y Ficer yn darllen yr hen
fersiwn, a hynny, hwyrach, yn fwriadol. Wedi'r cyfan,
dyma'r union eiriau y byddai Jacob a Mary Price wedi eu
clywed wrth i weddillion Anne fach gael eu daearu ym
mis Mai 1800. Hynny yw, os clywsant y geiriau o gwbl.
Byddai torcalon a hiraeth, mae'n debyg, wedi eu llethu
ormod i sylwi ar unrhyw eiriau.

'Fel yr un yr hwn y diddana ei fam ef, felly y diddanaf
fi chwi, medd yr Arglwydd.'

Gorffennodd drwy adrodd darn a gofiai Jim yn dda o'i
blentyndod.

'Myfi yw y bugail da. Y bugail da sydd yn rhoddi ei
einioes dros y defaid. Y mae fy nefaid i yn gwrandaw fy

llais i, a mi a'u hadwaen hwynt, a hwy a'm canlynant i. A minnau yr ydwyf yn rhoddi iddynt fywyd tragwyddol; ac ni chyfrgollant byth, ac ni ddwg neb hwynt allan o'm llaw i. Fy Nhad i, yr hwn a'u rhoddes i mi, sydd fwy na phawb; ac nis gall neb eu dwyn hwynt allan o law fy Nhad.'

Camodd y Ficer at lan y bedd. Penliniodd y torrwr beddau a chodi'r arch a'i gosod ar waelod y bedd, nad oedd yn fwy na llathen o ddyfnder. Doedd dim angen dyfnder mawr ar gist mor fach. Camodd y Ficer at lan y bedd a llafarganodd.

'Ac yn awr yr wyf yn dy gyflwyno di, blentyn anhysbys, i ddwylo Duw. Pridd i'r pridd, lludw i'r lludw, llwch i'r llwch.'

Yn dilyn pob cymal o'r traddodiant, clywodd Jim sŵn pridd yn cael ei daflu gan y torrwr beddau, pob dyrnaid yn curo fel hyrddiadau o genllysg ar wyneb yr arch. Cyn i'r Ficer ollwng pawb i fynd eu ffyrdd eu hunain canwyd emyn.

'Bydd canu yn y nefoedd,
Pan ddêl y plant ynghyd,
Y rhai fu oddi cartref
O dŷ eu Tad cyhyd;
Dechreuir y gynghanedd,
Ac ni bydd wylo mwy,
Ond Duw a sych bob deigryn
Oddi wrth eu llygaid hwy.'

Wrth iddo glywed y geiriau am y rhai a fu oddi cartref o dŷ eu Tad, rhedodd ias o euogrwydd i lawr hyd asgwrn cefn Jim. Crynodd. Ef oedd wedi dwyn Anne Parry o'i hir gartref.

A'r cyfan drosodd, cerddodd y galarwyr yn araf o gwmpas y bedd gan syllu, wrth fynd heibio, i lawr ar yr arch. Gwelodd Jim y plât pres ar y clawr yn datgan yn syml,

Merch Anhysbys
y canfuwyd ei gweddillion
wedi eu claddu y tu allan
i'r fangre sanctaidd hon.
Gorffwys mwy ym mynwes Iesu.

Ar y ffordd allan o'r fynwent oedodd y Ficer ger y porth gan gyfarch y galarwyr wrth iddynt ymadael. Oedodd yn arbennig wrth ysgwyd llaw â Jim.

'Fedra i ddim cytuno â phopeth sy'n rhan o'r byd goruwchnaturiol honedig, Mr Humphreys. Wn i ddim llawer am bethau felly, a dydw i ddim yn rhyw awyddus iawn i wybod chwaith. Ond pwy ydym ni i gwestiynu? Hwyrach mai dymuniad Duw oedd i chi ddarganfod esgyrn y ferch fach. A dyma ni, wedi ei chladdu hi am yr eildro. A'r hyn wnaeth fy nharo i oedd ysgafnder yr arch. Roedd hi fel pluen. Ond dyna fe, dim ond esgyrn brau a charpiau oedd ynddi.'

Oedd, meddyliodd Jim, roedd yr arch yn ysgafn. A hynny am ei bod hi'n wag.

* * *

Ni wyddai'r Ficer, na neb arall ond Jim a Helen, fod Anne Parry wedi ei chladdu ar noswyl yr angladd swyddogol. Ac roedd y plentyn wedi ei chladdu nid ddwywaith, fel y mynnai'r Ficer, ond deirgwaith. Bu'n gorffwys am dros ddwy ganrif ym medd ei rhieni cyn iddi gael ei symud a'i chladdu o dan garreg aelwyd Bron Caron. Ac yn awr yr oedd hi'n ôl unwaith eto ym medd ei rhieni. Ie, arch wag a gladdwyd gan y Ficer.

Helen fu'n gyfrifol am hynny. Wedi iddi glywed y cyfan gan Jim am y modd y cododd weddillion yr un fach o'r fynwent, mynnodd fod Jim yn tyngu llw y dychwelai'r arch i'w gorweddfan briodol pan fyddai'r cyfan drosodd.

'Jim Humphreys, tawn i'n gwybod y noson honno dy fod ti wedi tarfu ar fedd plentyn bach, fe fyddwn i wedi dy adael di yn y fan a'r lle. Mae'r hyn wnest ti yn anfaddeuol.'

'Dim ond ei benthyca hi wnes i. Pan fydd popeth drosodd, fe wna i'n siŵr y caiff hi fynd yn ôl i'r fynwent unwaith eto.'

'Fydd hynny ddim yn ddigon da i fi. Os na wnei di addo yr ei di â'i gweddillion hi 'nôl i fedd ei rhieni, yna dyna'r diwedd rhyngon ni. Rwyt ti wedi gwneud llawer o droeon ffôl yn ystod ein hamser gyda'n gilydd. Ond mae hyn yn halogiad. Dim llai na halogiad.'

Cytunodd Jim. Ar y pryd doedd hynny'n ddim ond ffordd o dawelu llid Helen. Doedd ganddo'r un bwriad i fynd â gweddillion y baban yn ôl i fedd ei rhieni. Ond fel yr âi'r datblygiadau yn eu blaen, daeth hen deimladau annifyr i'w boeni. Dechreuodd yntau amau ai tylluan wen a rwygai'r tawelwch gyda'i sgrechiadau gwichlyd ac unig yn nyfnder nos. Pan gododd un noson i syllu allan drwy ffenest y llofft, credai iddo weld cysgodion dyn a menyw yn sefyll ar y lawnt y tu allan i'r tŷ yn syllu arno. Credodd iddo eu gweld yn codi eu breichiau yn ymbilgar, yn syllu arno'n gyhuddol. Yna fe'u gwelodd yn crwydro o gwmpas fel petaen nhw'n chwilio am rywbeth. Neu am rywun. Ac yn ei freuddwydion gwelai ddwylo yn ymestyn tuag ato, dwy law yn erfyn, yn ymestyn, yn deisyf. Dihunai yn drochion o chwys.

Pan awgrymodd Helen, felly, y dylai Jim ailosod gweddillion y plentyn yn ôl ym meddrod ei rhieni, cytunodd, a hynny er mawr syndod iddi hi. Ar y noson cyn yr angladd, sleifiodd Jim i'r eglwys, lle'r oedd arch y plentyn yn gorffwys ar gyfer y gwasanaeth trannoeth. Y tro hwn aeth Helen gydag ef. Roedd hi am fod yn siŵr fod

Jim am gadw'i air. Ond oedodd y tu allan gyda'r esgus o gadw golwg. Y gwir amdani oedd na allai feddwl am fod yn bresennol wrth i esgyrn y plentyn gael eu symud unwaith eto.

Goleuai'r lleuad lawn drwy'r ffenestri lliw gan greu ysbrydion ymhob twll a chornel o'r hen adeilad. Goleuai'n ddigon clir i Jim weld yr arch a'i chludo i'r stafell fechan a ddefnyddiai'r Ficer i gadw ac i wisgo'i lifrai. Yno, yn y siambr fach ddi-ffenestr, roedd hi'n ddigon diogel iddo gynnau'r golau. Dim ond pedair sgriw a ddaliai glawr yr arch ynghau. Buan y'u datododd. Cuddiai deunydd sidan gynnwys yr arch. Cododd y blanced bach ac offrymodd weddi o ddiolch o weld fod y gweddillion wedi eu gosod mewn bag, hwnnw hefyd o sidan. Tynnodd y bag a'i gynnwys allan a'i osod mewn bag plastig cyn ailsgriwio clawr yr arch i'w le a'i chludo'n ôl a'i gosod ar yr allor.

Y tu allan roedd Helen yn disgwyl amdano. Teimlai ryw gymysgedd o arswyd ac o ryddhad. Gadawodd Jim hi wrth ddrws yr eglwys tra croesodd ef y fynwent at y bedd lle canfu weddillion y fechan yn y lle cyntaf.

Gwaith hawdd fu clirio'r llanast a wthiodd yn ôl i'w le i guddio'r bwlch yn y bedd cist. Penliniodd a gwthiodd un fraich i ddyfnder y bedd a llwyddodd i gyffwrdd ag ymyl yr arch plwm. Tynnodd honno allan a gosod y bag sidan a'i gynnwys ynddi. Gwthiodd yr arch yn ôl drwy'r bwlch a'i gosod lle credai oedd yr orweddfan rhwng y rhieni. Tagodd sgrech yn ei wddf wrth iddo deimlo esgyrn llaw un o'r meirw yn cyffwrdd â'i law ef. Yn wir, teimlai fel petai'r esgyrn yn gafael yn ei law ac yn ceisio'i dynnu i mewn at y tri a orweddai yno. Tynnodd ei law yn rhydd ac, wrth wneud hynny, fe'i crafodd hi ar ymyl carreg finiog. Teimlodd gynhesrwydd gwaed yn llifo i lawr ar hyd cefn ei law a'i fysedd. Cododd ac anadlodd yn ddwfn a syllodd ar y ffrwd waed ar ei law. Llyfodd y briw. Yna llwyddodd i ymlacio. Roedd Anne Parry yn ôl ym mynwes ei rhieni. Roedd y tri unwaith eto yn unedig, wedi eu cofleidio gan freichiau angau. Roedd Anne fach wedi dod adre.

Wrth iddo ef a Helen gerdded tua thre drwy'r lonydd cefn, ni thorrodd un ohonynt air. Ond ni chlywodd y naill na'r llall sgrech tylluan wen y noson honno. A phan fentrodd Jim i syllu drwy ffenest y llofft yn ystod oriau mân y bore, doedd dim sôn am neb ar y lawnt yn syllu i fyny ato'n ymbilgar. Eto i gyd, ni chysgodd o gwbl y noson honno.

* * *

Dywed hen ddihareb Saesneg fod angen llwy hir ar rywun sy'n fodlon swpera gyda'r Diafol. Er nad oedd Rowley Walters yn ddiafol, wel, ddim yn hollol, gwyddai Jim o'r gorau y deuai dydd talu'r gymwynas yn ôl. Ac fe ddaeth yn gynharach nag a feddyliodd.

Digwydd troi i mewn i'r Llew Coch wnaeth Jim pan welodd Rowley yn sipian yn y gornel gyda rhai o'i gyd-Fasoniaid. Cyn gynted ag y gwelodd Rowley ef, gadawodd y cwmni ac ymunodd â Jim.

'Llongyfarchiadau. Rhaglen arbennig o wych. Mae'n rhaid iddi wneud byd o les i dy ddelwedd di.'

'Do siŵr. Dyw'r ffôn ddim yn stopio canu ac mae'r *Western Mail* am i fi ysgrifennu colofn fisol ar y goruwchnaturiol. Diolch am y cydweithrediad parod.'

'Dim problem. Mae'r rhaglen yn dechrau talu i finne hefyd. Mewn mwy nag un ffordd.'

Roedd y winc a daflodd tuag at Jim mor gynnil â gordd.

'Cân di bennill mwyn i'th nain. Dyna'r hen ddywediad, ontefe, Jim? Fe gân dy nain i tithau. Fy nhro i nawr yw gofyn am ffafr fach i ti.'

Pan glywodd Jim gynllun Rowley ni allai gredu ei glustiau. Gwyddai o'r gorau fod Rowley'n ddiegwyddor, ond roedd ei awgrym diweddaraf yn ddigon i'w syfrdanu. Syniad Rowley, yn fras, oedd prynu Plas y Mynach a'i droi yn ganolfan gadw i fewnfudwyr anghyfreithlon.

'Y nefoedd, Rowley, wyddost ti beth allai hyn ei olygu? Fe wnaiff y trigolion lleol dy grogi di gerfydd dy fôls.'

'Fydd neb yn sylweddoli mai fi fydd y tu ôl i'r syniad. Cwmni o bant biau'r cynllun ond maen nhw angen rhywun lleol i hwyluso'r ffordd iddyn nhw. Ac fe fydde dy help di yn dderbyniol iawn. A meddylia'r grantiau sydd ar gael ar gyfer cynllun fel hwn. Mae'r Llywodraeth yn sgrechian am ganolfannau ar gyfer mewnfudwyr.'

'Rwyt ti wedi anghofio un peth pwysig.'

'Beth yw hwnnw?'

'Magdalena Rawlins. Wneith hi ddim gwerthu i ti tra bod twll yn dy din di.'

'Mae mwy nag un ffordd o gael Wil i'w wely. Ac mae gen ti'r ateb.'

'Ym mha ffordd?'

'Wel, rwyt ti eisoes wedi creu un ysbryd. Beth am greu un arall er mwyn . . . wel, er mwyn perswadio'r hen fenyw i werthu?'

'Fe fydd angen mwy nag ysbryd i symud yr hen fenyw. Paid â chael dy dwyllo gan ei chorff bregus hi. Ond fel y byddet ti'n disgwyl mewn hen adeilad o'r fath, mae 'na draddodiad o ysbryd ym Mhlas y Mynach, er na welais i un yno erioed. Rwy'n nabod yr hen le yn dda.'

'Wrth gwrs. Dy dad oedd garddwr y plas, heddwch i'w lwch. Rwyt ti'n gyfarwydd â phob twll a chornel yno.'

'Mae hynny'n wir, ond beth am roi cynnig trwy deg i ddechrau? Pam na wnei di ddweud wrthi'n blwmp ac yn blaen dy fod ti am brynu'r hen le?'

'Rwyt ti'n nabod yr hen Fagdalena gystal â neb. Ac

rwy'n cytuno â ti, mae hi mor ystyfnig ag asyn. Os fydd hi'n gwybod fy mod i am brynu'r lle, fe wnaiff hi bopeth o fewn ei gallu i wthio'r pris drwy'r to. Mae hi wedi gwrthod unwaith o'r blaen. Rwyt ti, ar y llaw arall, yn eitha ffrindiau â hi. Meddwl own i y bydde gair bach oddi wrthot ti yn medru gwneud gwahaniaeth. A phetait ti'n llwyddo, mae'n bosib y gallwn i berswadio'r cwmni datblygu i dy gymryd di mewn fel partner segur. Cred ti fi, mae 'na arian mawr yn y busnes yna. Meddylia drosto fe. Ddim yn aml y cei di gynnig fel'na. Fe fydda i mewn cysylltiad â ti.'

Er gwaetha'i deimladau cymysg am dwyllo hen wreigan, a honno'n hen wreigan hoffus, roedd cynnig Maffiaidd Rowley yn un rhy dda i'w wrthod, heb o leiaf roi ystyriaeth ddwys iddo. Gyda lwc, fe allai berswadio'r hen wraig i werthu'r plas drwy deg.

* * *

Pan ffoniodd Jim berchennog Plas y Mynach, cafodd Magdalena Rawlins gryn syndod o glywed ei lais. Fe'i cyfarchodd ef fel yr arferai wneud pan oedd Jim yn blentyn.

'Rown i wedi clywed dy fod ti 'nôl yn yr ardal, Jim Bach. Rwy wedi bod yn disgwyl i ti alw, yn enwedig gan dy fod ti wedi gwneud cryn enw i ti dy hunan yn ddiweddar.'

'Sori, Miss Rawlins, ond doeddwn i ddim isie tarfu arnoch chi.'

'Jim Bach, ti'n gwybod y byddwn i'n falch dy weld ti bob amser. Petai ond er mwyn dy dad, coffa da amdano fe. Gwranda, pam na wnei di alw i ni gael cofio'r hen ddyddiau? Beth am nos yfory? A na, does dim angen i ti ddod â photel o win. Mae 'na ddigon yn y seler.'

Penderfynodd Jim fynd draw i Blas y Mynach heb

Helen. Yn wir, doedd e ddim wedi sôn wrthi am yr hen wreigan. Ond y rheswm pennaf dros beidio mynd â hi yno oedd bod Helen yn rhy gydwybodol. Fe fyddai hi'n anghysurus wrth glywed Jim yn ceisio perswadio'r hen wraig i adael ei chartref.

Pan gyrhaeddodd, gwelodd nad oedd yr hen le wedi newid rhyw lawer. Ar wahân i'r ffordd yr oedd, fel pawb a phopeth yng Nglan Caron, wedi heneiddio. Roedd ôl llaw amser yn drwm ar y gerddi, neu'n hytrach y tiroedd a fu'n erddi yn nyddiau ei dad. Roedd y rhododendrons wedi tyfu'n wyllt a thaglys yn glymau dros wyneb y tir. Ymddangosai'r hen stablau hefyd yn llwydaidd a difywyd.

O ddynesu at y tŷ, gwelodd arwyddion difodiant ar hwnnw hefyd, cafnau'n gwegian, arwyddion o damprwydd yma ac acw, ambell ffenest wedi'i byrddio, a thyfai eginyn bedwen allan o gorn simdde'r gegin. Dros wyneb y tŷ tyfai eiddew'n drwch. Yn wir, teimlai Jim mai'r eiddew oedd yr unig angor a ddaliai'r waliau rhag disgyn.

Safodd Jim ar drothwy'r drws, yr un hen ddrws o bren derw trwchus a oedd yno ddeugain mlynedd yn gynharach ond fod y paent wedi hen risglo o ganlyniad i law a heulwen pedwar degawd. Ar ffrâm y drws roedd yr un hen gloch, cnapyn pres yn sownd wrth roden, a'r rhoden yn ei thro yn sownd wrth tshaen a gysylltai â'r gloch. Gafaelodd Jim yn y cnapyn rhwng bys a bawd a chlywodd y gloch yn canu yng nghyntedd y tŷ, honno'n swnio fel cnul dros fedd ei blentyndod. Bron na ddisgwyliai glywed llais Draciwla yn ateb. Aeth hanner munud heibio cyn iddo glywed sŵn clocs ar garreg. Clac-clac-clac-clac. Oedd, roedd yr hen fenyw yn dal i wisgo clocs. Clywodd sŵn metelaidd clicied yn codi ac agorodd y drws yn araf ac yn wichlyd o'i flaen.

Yno, yn syllu allan o wyll y cyntedd fel aderyn yn syllu allan o gaets, safai hen wreigan, mor welw ac mor fregus â darn o borslen. Edrychai mor hen â'r tŷ ei hunan. Lledodd gwên dros ei hwyneb crychiog. Cododd ar flaenau ei thraed a chofleidiodd ei hymwelydd.

'Jim Bach, ar ôl yr holl flynyddoedd. Dwyt ti ddim wedi newid dim.'

'Na chithe, Miss Rawlins,' atebodd Jim, yn gelwyddog. 'R'ych chi fel croten ddeunaw oed.'

Pwniodd Magdalena ef yn chwareus yn ei ais.

'Yr un sebonwr ag y buost ti erioed. Rwyt ti'n gwybod sut mae fflatro menyw. Ond paid â loetran fan'na yn y drws. Dere mewn i ni gael sgwrs am yr hen ddyddiau.'

Dilynodd Jim hi i'r parlwr, lle yr arferai Magdalena groesawu ymwelwyr. Ond erbyn hyn doedd dim morwyn mewn du a chap a ffedog wen yno i hulio'r bwrdd ac i arllwys y te. Golwg dlodaidd iawn oedd ar y lle bellach gydag arogl piso cath dros bob man. Gorweddai'r creadur tramgwyddus ar y mat tyllog o flaen y tân, clamp o gwrcath du yn canu grwndi mor uchel â glanhawr carpedi. O leiaf, roedd y lle'n gynnes gyda.thanllwyth o goed yn cratsian ac yn tanio fel bwledi. Cysgai'r gath drwy'r cyfan.

'Mae hi'n gynnes braf yma.'

'Ydi, mae un o fois y pentre'n galw o leiaf unwaith y dydd i wneud yn siŵr bo fi'n iawn. Ac mae e'n gofalu fod yma ddigon o flocs ar gyfer cynnau tân. Rwy'n dygymod yn syndod o dda.'

Ar y bwrdd roedd tebot, cwpanau a soseri a jwg laeth a basin siwgr. Arllwysodd Magdalena ddau gwpanaid, ei llaw hi'n crynu gan yr ymdrech. Gwthiodd un o'r cwpanau yn ei soser tuag at Jim.

'Dyna ti, yn union fel yr oeddet ti'n ei hoffi yn yr hen ddyddiau. Te cryf a thair llwyaid o siwgr.'

'Mae 'da chi gof da.'

'Jim Bach, dyna'r unig beth, bron iawn, sydd gen i. Ydi, mae Duw wedi fy mreintio i â chof da. A pheth da yw hynny o ystyried pa mor bell yn ôl y mae fy nghof i'n ymestyn.'

Teimlodd Jim mai dyma'r amser i daflu'r abwyd i'r dŵr. Amser i hau'r hedyn wrth awgrymu y dylai'r hen wraig symud allan. Taro'r haearn tra oedd e'n boeth. Petai hi'n symud allan o'i gwirfodd, fe arbedai lawer o drafferth i Jim. Ond fe ofalai ddweud wrth Rowley iddo orfod brwydro'n galed.

''Ych chi ddim wedi meddwl am roi'r gorau i'r hen le yma? Ei werthu, a phrynu fflat fach yn y dre, falle?'

'Droeon, Jim Bach. Do, droeon. Ond beth yw'r pwynt bellach? Rwy'n hen wraig. Fydda i ddim byw yn hir. A man a man i fi a'r hen le yma farw gyda'n gilydd. Beth bynnag, pwy fydde â diddordeb mewn hen horwth o le fel hwn?'

'Fe synnech chi. Beth petawn i'n ffeindio cwsmer i chi a fydde'n fodlon talu pris da?'

Gwyddai na fyddai Rowley Walters yn talu pris da. Roedd e mor dynn â thwll tin cranc. Ond ni fyddai damaid gwaeth o geisio cael yr hen wraig i werthu drwy deg.

'Na, cystal i fi aros yma mwy i wynebu'r diwedd. Fyddwn i dda i ddim yn y dre ynghanol pobl ddieithr. Yma y ganwyd fi, ac yma dwi am farw.'

Trodd Jim at drywydd arall i geisio'i pherswadio i newid ei meddwl.

''Ych chi ddim yn teimlo'n unig yma ar eich pen eich hun? Beth petaech chi'n cael damwain, er enghraifft, a neb o fewn cyrraedd i'ch helpu chi?'

'Rwy wedi para heb unrhyw drafferth tan nawr. A wela i ddim llai na alla i bara bellach am weddill fy nyddiau ar yr hen ddaear yma.'

'Ond 'ych chi ddim ofn? Fe fydde lle fel hyn yn codi ofn

arna i. Yr holl stafelloedd, yr hen seler tywyll. 'Ych chi ddim ofn ysbrydion?'

'Jim Bach, os oes yma ysbryd, dydw i ddim wedi gweld na chlywed un. Cofia, mae yna hen chwedl fod ysbryd yma. Ac wrth gwrs, mae gen ti ddiddordeb mawr mewn ysbrydion.'

Gwenodd Jim. Cododd ei galon. Llygedyn o obaith o'r diwedd.

'Oes. Rwy'n cofio Nhad yn sôn am ysbryd yma. Roedd e'n siŵr fod yna ryw bresenoldeb yma.'

Celwydd noeth. Doedd ei dad ddim wedi teimlo unrhyw bresenoldeb. Yn wir, wfftiai unrhyw awgrym fod yna ysbryd ym Mhlas y Mynach. Nac yn unman arall. Roedd ei fab wedi etifeddu'r un sinigiaeth. Ond rhaid oedd mynd â'r maen i'r wal.

'Fe fydde Nhad yn sôn am ysbryd rhyw fenyw.'

'Ysbryd Ladi Wen sydd yma, medden nhw. Roedd Mam-gu yn tystio iddi ei gweld hi, yn yr hen seler. Cofia, roedd Mam-gu yn hoff iawn o'i sieri. Ond fe fynnai hi iddi weld menyw mewn gwyn yn cario'i phen o dan ei chesail. Un o'n teulu ni oedd hi, yn ôl y chwedl, 'nôl yn y bymthegfed ganrif. Helena Rawlins oedd ei henw hi, oedd wedi cwympo mewn cariad â ffermwr lleol. Ond doedd hwnnw ddim digon da i'w thad. Doedd e ddim am weld ei ferch yn priodi tenant cyffredin. Y sôn yw fod ei thad wedi cuddio un noson yn y seler, lle'r oedd Helena a'i chariad yn cwrdd, ac wedi ceisio taro'r gŵr ifanc â chleddyf. Ond fe gamodd Helena rhyngddyn nhw, ac fe dorrwyd ei phen hi bant. Fe gladdodd ei thad hi o dan lawr y seler, medden nhw. A byth ers hynny mae 'na sôn amdani'n crwydro'r plas – y seler yn arbennig – yn chwilio am ei chariad.'

Gwenodd Jim. Teimlodd na fu'n siwrnai seithug wedi'r cyfan. Roedd ganddo rywbeth i weithio arno bellach.

104

'Ond Jim, beth am lased bach o win? Fe gei di nôl potelaid fach. Mae 'na stoc go dda gen i yn y seler. Rwyt ti'n cofio'r ffordd yno, siŵr o fod. Cer i nôl potelaid. Hynny yw, os nad wyt ti ag ofn y Ladi Wen.'

Chwerthin wnaeth Jim. Ac fe benderfynodd y byddai yna Ladi Wen yn y seler cyn hir. A'r tro hwn, fe wnâi'n siŵr y byddai'r hen Fagdalena yn ei gweld.

* * *

Dywedai hanes lleol fod tŷ mawr ar safle Plas y Mynach mor bell yn ôl â'r bymthegfed ganrif. Roedd lle i gredu fod arwyddocâd i elfen olaf yr enw a bod yna gysylltiad rhwng yr adeilad cyntaf i sefyll yno a Mynachlog Ystrad Fflur. Safai'r plas ar un o ffyrdd y pererinion, ac yn union fel yn achos Plas Nanteos, ceid nifer o chwedlau yn cysylltu'r hen le â thrysor, ysbryd a'r ddewiniaeth ddu.

Doedd dim dadl nad oedd i'r hen le hanes cyfoethog. Roedd un o'r deiliaid wedi amddiffyn Castell Aberystwyth ar ran y Brenin. Buasai'r lle yn noddfa i feirdd a cherddorion. Mewnforid ffrwythau a llysiau egsotig yno o bedwar ban byd ac am flynyddoedd bu'r orendy yn tyfu pob math ar ffrwythau.

Dadfeilio'n araf a wnaeth yr hen le gyda thad Magdalena, yr hen Sgweier Rawlins, yn gwerthu'r trysorau o un i un, yn cynnwys llyfrau Gwasg y Mynach, a fu'n gynhyrchiol iawn unwaith.

Disgynnodd y plwm oedd ar do'r adain orllewinol yn ysbail i ladron. A chan na ailosodwyd ef roedd y rhan honno o'r tŷ yn wag. Tir anial oedd y lawntiau bellach a throdd y bythynnod bach ar gyrion y stad, lle trigai gweithwyr gynt, bron i gyd yn adfeilion. Roedd y llyn brithyllod wedi hen gau i fyny ac roedd yr adeilad hardd – harddach a mwy o faint nag un o gartrefi'r gweision a'r morwynion – a fu'n gartref i fytheiaid yr helfa wedi hen fynd â'i ben iddo.

I Jim nid oedd Plas y Mynach namyn tomen o feini a adawyd i ddadfeilio dros y blynyddoedd. A dyna un elfen a roddodd dawelwch meddwl iddo wrth geisio twyllo'r hen wraig i'w werthu. Byddai hynny, o leiaf, yn achub y lle rhag iddo droi yn Hafod Uchtryd neu Ffynnonbedr arall. Roedd sentiment yn iawn ar gyfer cadw chwedlau'n fyw, ond doedd e fawr o werth pan ddeuai i dalu am y gwaith ymarferol o achub adeilad.

Bu'n rhaid i Jim chwarae gêm amyneddgar â Magdalena rhag iddi sylweddoli fod ganddo reswm cwbl hunanol dros iddi adael y lle. Yn wir, gwyddai'r hen wraig am ddiddordeb Rowley Walters yn y plas. Ac ni fu'n araf yn datgan hynny wrth Jim.

'Jim Bach, roedd ganddo fe'r wyneb i ddod yma tua blwyddyn yn ôl i wneud cynnig am y lle. Cofia, roedd e'n gynnig digon teg. Ond fe wrthodais i. Does gen i fawr i'w ddweud wrth Rowley Walters a'i debyg. Roedd ei dad yn union yr un fath. Teulu drwg sy'n elwa oddi ar anffodusion. Petai e'n cael ei ddwylo ar y lle yma, fe fydde yna glwb nos yma o fewn chwe mis. Dyn drwg yw Rowley. Cadw draw rhagddo fe neu fe aiff â thi i uffern ar dy ben.'

Cytunai Jim yn dawel â dadansoddiad yr hen wreigan o gymeriad Rowley. Ond ni chredai yr âi hwnnw ag ef i uffern. Roedd eisoes wedi bod mewn uffern. Ac ni âi fyth yn ôl yno. O leiaf, dyna a gredai. Fe gâi amser i newid ei feddwl.

'Eich lles chi sydd ar fy meddwl i, Miss Rawlins. Fyddwn i ddim am i ddim byd drwg ddigwydd i chi.'

'Rwyt ti'n fachgen da, Jim Bach. Rwyt ti wedi gwneud ambell i beth ffôl yn ystod dy fywyd. Ond dyna fe, pwy nad yw'n euog o hynny? Fe wnes i ddigon o bethe ffôl fy hunan. Un yn arbennig.'

Syllodd yr hen wraig i fflamau'r tân, bwndel o esgyrn mewn bag o groen melyn. Rhaid bod yna ddyn wedi bod yn y stori'n rhywle, meddyliodd Jim. 'Nôl yn y dyddiau pan mai Plas y Mynach oedd canolfan y bywyd aristocrataidd yn yr ardal. Gwelsai hen bortreadau o Magdalena yn y neuadd. Roedd hi wedi bod yn ddynes hardd. Anodd oedd credu hynny bellach. Gadawodd iddi syllu i'r tân am ychydig. Prociodd yr hen wreigan y marwydos. Dros dro dychwelodd y gwreichion i'w llygaid yn adlewyrchiad y fflamau.

'Beth petawn i'n llwyddo i godi ysbryd Helena Rawlins? Fydde ganddoch chi ddiddordeb mewn gweld y Ladi Wen â'ch llygaid eich hunan? Does dim angen i neb arall wybod, dim ond ni'n dau.'

Chwarddodd yr hen wraig, chwerthiniad uchel a ddanfonai iasau i lawr hyd gefn Jim.

'Pam lai, Jim Bach. Does gen i ddim o'i hofn.'

'Fe fydde hynny'n help mawr i'r ymchwil rwy'n ei wneud i hanes ysbrydion. Ac fe fyddai o ddiddordeb i chi ddod wyneb yn wyneb ag un o'ch hynafiaid.'

'Os ydi hi yma, yna mae hi a fi wedi cyd-fyw'n hapus yma am ymron i ganrif. Petait ti'n medru ei chodi hi, mae gen i deimlad mai hi gâi fy ofn i, yn hytrach nag i'r gwrthwyneb. Ond, pam lai. Fe ddeuai hynny â rhyw gynnwrf i'r hen fywyd diflas yma wedi'r holl flynyddoedd. Wnes i erioed wrthod tipyn o gyffro. Ond does dim brys, oes e?'

'Wel oes, braidd. Fe hoffwn i orffen fy ymchwil cyn gynted ag y bo modd. Rwy'n ysgrifennu llyfr ar ysbrydion ac mae'r cwmni cyhoeddi yn sgrechian am i'r stwff gael ei orffen.'

Celwydd, ond celwydd digon diniwed.

'Dyna dy broblem di erioed, Jim Bach. Dim amynedd. Cofia'r hen ddywediad, "Pwyll ac amynedd a bâr hyd y diwedd". Roeddet ti'r un fath pan oeddet ti'n grwt. Dy dad yn plannu tato fan hyn, ac unwaith oedd y gwrysg yn ymddangos, roedd yn rhaid i ti godi'r tato er nad oedden nhw'n fwy na marblis. Rwyt ti'n rhy fyrbwyll, Jim Bach.'

'Falle eich bod chi'n iawn, Miss Rawlins.'

Ac oedd, roedd hi'n iawn.

* * *

Er bod Rowley'n rhoi pwysau cyson arno i gael gwared o'r hen fenyw – roedd am wneud cais buan am newid swyddogaeth Plas y Mynach o dŷ annedd i hostel – teimlai Jim mai araf bach a bob yn dipyn oedd y polisi callaf. Yn dilyn ei chaniatâd, galwodd yn amlach gyda Magdalena gyda'r esgus o fod yn gwmni iddi ac i hel straeon am y dyddiau a fu. Ond yn fwy na dim, er mwyn trefnu'r seremoni a fyddai'n codi Helena Rawlins, y Ladi Wen, yng ngŵydd yr hen wreigan. Ac er mai twyll fyddai'r cyfan, dechreuodd y prosiect apelio at Jim. Teimlai Helen yn well hefyd. Byddai Jim bellach yn gweithredu gyda chaniatâd yr hen wraig.

Fel yn y dyddiau gynt, câi Jim dragwyddol heol i grwydro'r plas a'r gerddi. Ond roedd yr ymweliadau hyn yn gyfleon da hefyd iddo drefnu ei strategaeth.

Un peth a gofiai oedd bod yna fynediad i'r hen seler o'r stablau, un a oedd wedi ei gau ag estyll hyd yn oed yn nyddiau ei dad. Estyll wedi eu hoelio ar draws y fynedfa a'u peintio'n wyn. Gwyddai na fyddai Magdalena byth yn mynd ar gyfyl y stablau bellach. Roedd hi'n rhy fregus. A doedd yna ddim pwrpas iddi fynd yno mwyach. Roedd dyddiau'r ceffylau *Appaloosa* du a gwyn tywysogaidd wedi hen ddiflannu a'r stablau yn gartref bellach i dylluanod ac ystlumod. Roedd y ffordd yn glir iddo felly i ailagor y fynedfa a'i hailguddio, rhag ofn, drwy ailosod estyll rhydd i bwyso yn ei herbyn. Golygai hyn y gallai gael mynediad i'r seler heb orfod mynd drwy'r tŷ.

Symudodd ran o'i offer i mewn i'r seler a chuddiodd y recordydd mewn man cyfleus er mwyn creu effeithiau sain. Gosododd offer clustfeinio yno. Cuddiodd daflunydd yno hefyd er mwyn creu goleuadau annaturiol yr olwg. Cariai declyn rheolaeth bell yn ei boced er mwyn gweithredu'r offer. Treuliodd rai oriau yn y stablau yn gwrando ar symudiadau Magdalena drwy'r offer clustfeinio. Pan glywai ei sŵn yn y seler, byddai'n creu synau annifyr a goleuadau rhyfedd. Dim byd rhy uchelgeisiol. Dim ond awgrym fod rhywun neu rywbeth yn tarfu ar y lle.

Sylwodd, gyda threigl y dyddiau, fod yr hen wraig yn dueddol o fod yn fwy nerfus. Rhaid bod y synau a'r goleuadau annaturiol yn dechrau dweud arni. Ond ni roddodd unrhyw arwydd i Jim ei bod hi'n poeni rhyw lawer.

Jim ei hun fu'n gyfrifol yn y diwedd am godi'r mater. Fe ofynnodd iddi un dydd a oedd rhywbeth yn ei phoeni. Braidd yn gyndyn y bu Magdalena i gyfaddef fod yna rywbeth yn aflonyddu arni, er na chredai fod yna unrhyw beth goruwchnaturiol yn gyfrifol am hynny. Ei nerfau, siŵr o fod. Roedd hi am ofyn i'r meddyg am dabledi cryfach.

'Rwy wedi byw yma am ganrif namyn wyth mlynedd. Ond dyma'r tro cynta i fi ddechrau meddwl fod yma rywbeth od yn yr hen le yma wedi'r cyfan. Mwy na thebyg mai'r gwynt sy'n gyfrifol am y synau rwy'n eu clywed o bryd i'w gilydd. Ond mae yna oleuadau rhyfedd hefyd. Mae'n rhaid bod yna esboniad naturiol dros rheiny hefyd. Tybed a yw Helena Rawlins yn synhwyro fod yna gynlluniau i'w denu hi allan?'

Oedd, roedd ymdrechion Jim yn dechrau talu'r ffordd.

Y cam nesaf fyddai perswadio'r hen wraig nad ffrwyth dychymyg oedd ei hofnau, a bod yna rywbeth goruwchnaturiol yn crwydro seleri Plas y Mynach. Ac y gallai ef, wrth gwrs, gael gwared â'r drwg.

'Odych chi'n cofio dro'n ôl i chi roi caniatâd i fi geisio codi'r ysbryd a'i fwrw fe allan? Wel, rwy'n teimlo fod yr amser wedi dod.'

'Os wyt ti'n meddwl hynny, Jim Bach. Ond ddim ond cyn belled â rhyngddon ni'n dau mae e. Dim cyhoeddusrwydd. Dwi ddim am weld pob Twm, Dic a Harri'n plagio'r lle yma.'

'Fel chi, fe fues i'n dueddol iawn i fod yn amheus o'r goruwchnaturiol. Ond fe synnech chi pa mor gyffredin yw'r pethe hyn. Gadewch i fi roi cynnig ar godi'r ysbryd a'i waredu. Os oes un yma, yna rwy'n eich sicrhau chi y ca i wared ohono fe. Os nad oes dim byd yma, os mai ffenomena naturiol sydd i'w gyfrif, yna fyddwn ni ddim gwaeth. Beth amdani, Magdalena? Beth am adael i fi roi cynnig arni petai ond i fodloni fy niddordeb i? A pheidiwch â gofidio. Wna i ddim codi ceiniog arnoch chi am y gwaith. Fe wna i fe er cof am y dyddiau da pan oedd Nhad yn gweithio yma.'

Yn anfoddog y cytunodd Magdalena.

'Diolch, Jim Bach. Fe fyddai ei gweld hi yn ddigon i fi. Ond os fydd e'n help i ti, yn bwydo dy ddiddordeb di, yna popeth yn iawn. Ond dim camerâu a phobol y papurau. Chaiff y rheiny ddim dod yn agos i'r lle yma. Dim ffws a ffwdan. Dwi ddim am i neb ond ti a fi fod yn gwybod am hyn.'

Cytunodd Jim yn llawen. Nawr am berfformiad ei fywyd, perfformiad a fyddai'n perswadio Magdalena Rawlins unwaith ac am byth y dylai hi adael Plas y Mynach. Sylwodd wrth adael fod Magdalena yn edrych braidd yn drist.

'Beth sy'n eich poeni chi?'

'Meddwl am yrru Helena allan o'r hen le yma. Os ydi hi'n crwydro'r plas, yna mae ganddi hi gystal hawl â fi i fyw yma. Mwy, os rhywbeth. Mae hi wedi byw yma ers dros bum canrif. Cyn hir ni fydd y naill na'r llall ohonon ni yma. R'yn ni'n dwy yn ffoaduriaid yn y byd modern hwn.'

* * *

Y noson y bu ef a Helen yn paratoi ar gyfer y ddefod ym Mhlas y Mynach fu un o'r nosau hapusaf fedrai Jim ei chofio. Roedd y ddau wedi bod wrthi'n ddyfal yn casglu geriach pwrpasol ar gyfer y digwyddiad. Roedd Helen wedi dod o hyd i wisg laes, wen henffasiwn mewn siop Oxfam. Ffrog sidan a oedd yn siffrwd wrth iddi ei gwisgo.

'Wyt ti'n cofio'r gân yna? Roedd hi'n boblogaidd iawn 'nôl ar ddiwedd y saithdegau? Honno am ysbryd y nos?'

'Ydw, ond fedra i ddim cofio'r geiriau chwaith.'

'Aros di nawr, rhywbeth fel hyn:

> A'r tonnau'n llusgo'r cregyn arian,
> Yn siffrwd yn ei lifrai sidan,
> Mi wn y byddi yno yn barod i'm cysuro –
> Tyrd, ysbryd y nos . . .'

Agorodd fag plastig a thynnodd allan ben plastr a fu unwaith yn modelu hetiau, ynghyd â wig felen a llaes o siop ddillad a oedd wedi hen gau. Taenodd y wig dros y pen ffug.

> 'Pleth dy wallt mewn rhuban euraid,
> Yn gynnes yn dy olau peraidd,
> A bysedd brau y barrug yn deffro hun y cerrig –
> Tyrd, ysbryd y nos . . .'

Roedd Helen eisoes wedi creu ffrâm allan o ddarn

sgwâr o rwydwaith weier i ffitio'n ddestlus ar ei hysgwyddau a thros ei phen er mwyn ymddangos fel petai hi'n bengoll. Byddai angen ymestyn top y wisg wen er mwyn cuddio'r ffrâm gyda darn o les gwyn wedi'i osod yn y defnydd yn union ar draws ei llygaid fel y gallai weld. Ac yna fe âi ati i greu gwddf *papier mâché* wedi'i baentio mewn lliw cnawd a'i orchuddio o gwmpas yr ymylon â lliw gwaed.

Roedd hi eisoes wedi prynu paent coch sgleiniog i'w daenu yma ac acw i greu'r argraff o waed. Fyddai sôs coch ddim yn gwneud y tro gan fod hwnnw'n tywyllu wrth iddo sychu. Heb sôn am ddrewi.

Aeth Jim ati â'i chofleidio o'r tu ôl. Gwasgodd hi'n dynn yn ei freichiau.

'Mae'n rhaid i fi fynd nawr i hysbysu'r Cynghorydd Walters o'r camau nesaf. Ie, Rowley, y Cynghorydd gorau fedri di ei brynu. Mae Plas y Mynach bron iawn yn ei ddwylo. Gei di weld. Fe wnawn ni greu ysbryd fydd yn brawychu Magdalena Rawlins gymaint nes bydd hi'n neidio allan o'i chroen.'

Gwenodd Helen. Cododd y pen plastr oddi ar y bwrdd a'i ddal i fyny at y golau.

'Y gobaith yw y bydd hi wedi cael digon o ofn cyn i fi ymddangos. Dwi ddim am ei brawychu hi'n ormodol. Mae hi'n swnio fel hen fenyw ffeind. Ond dos di. Rwy am beintio'r pen yma nesaf. Mae gen i liw cnawd perffaith. Yna, ychydig o finlliw a gosod y wig a dyna ni, menyw a fydd yn hynod o debyg i fi.'

'Fydd hi byth yn debyg i ti.'

'Ti â dy hen weniaith. Mae'n rhaid dy fod ti'n dweud hynna wrth bob menyw.'

'Dim ond un fenyw sy'n cyfrif. Ond os fydd y pen yma yn debyg i ti, fe alla i gadw fe ar y silff ben tân fel y medra i syllu arnat ti pan fyddi di wedi ngadael i.'

'Wna i fyth dy adael di. Ond fyddwn i ddim yn cadw'r fath erchyllbeth ar y silff ben tân. Fe fydd yn rhaid i fi greu wyneb arswydus, gwaed yn llifo a gwaed yn llenwi'r llygaid. Ach y fi! Mae hyn yn codi ofn arna i'n barod.'

'Ddim ond i ti godi ofn ar yr hen Miss Rawlins, fydd hynny'n ddigon.'

'Dyna beth sy'n fy mhoeni i. Beth petai'r hen greadures yn cael sioc farwol? Cofia, dyma'r tro olaf fyddi di'n twyllo pobl fel hyn. Addawa i fi.'

'Yn gynta, fe gymer hi fwy nag ysbryd i wneud i Magdalena Rawlins gael sioc farwol. Dim ond digon o ofn i wneud iddi benderfynu symud allan. Dwi ddim yn gofyn am fwy na hynna. Ac ydw, rwy'n addo mai hwn fydd y tro olaf.'

Wrth ddweud hynny, croesodd ei fysedd y tu ôl i'w chefn. Gollyngodd Jim hi a throdd am y drws.

'Fydda i'n ôl mewn tua awr. Sgwrs fach a wisgi neu ddau gyda'r hen Walters, ac fe fydda i adre.'

Gwenodd Helen wrth iddo adael. Cododd y pen plastr yn uchel uwch ei phen, a siaradodd mewn llais gwichlyd, cras.

'Magdalena Rawlins, ddylech chi ddim cerdded dros fy medd . . . '

Yna, wrth iddi beintio'r pen plastr, ailgydiodd yn y gân.

> 'Ysbryd y nos, tyrd yma nawr,
> Gwasgara'r ofnau cyn daw'r wawr,
> Diffodd y tywyllwch, tyrd â'r dydd,
> Gad im ddod o'r nos yn rhydd . . .'

* * *

Roedd y llwyfan wedi'i osod. Eisteddai Jim a'r hen wreigan ar fainc yn y seler. Yma ac acw crynai fflamau'r canhwyllau gan greu pyllau o oleuadau. Canmolodd Jim ei hun yn dawel bach. Roedd defnyddio canhwyllau yn hytrach na thrydan yn syniad gwych. Nid yn unig o ran creu awyrgylch. Byddai'r golau pŵl yn cuddio hefyd y ffaith mai pen gwneud a gariai Helen o dan ei chesail.

Cododd Jim ei arddwrn chwith at ei lygaid a chraffodd ar ei watsh. Roedd hi'n nesáu at hanner nos, amser i gychwyn y ddefod. Pwysai'r hen Fagdalena â'i chefn yn erbyn y wal gan ymddangos yn gwbl ddidaro, er i Jim sylwi fod ei dwylo'n cau ac agor yn nerfus. Safodd Jim ar ganol llawr y seler gan wynebu'r wal lle'r oedd y drws cudd, y drws y byddai Helen yn ymddangos drwyddo o fewn eiliadau. Cydiodd yn y groes arian yn ei law dde a chododd y ffiol o ddŵr yn ei law chwith. Beth petai Magdalena'n gwybod mai dŵr potel o Asda oedd e? Tywalltodd y dŵr mewn cylch o'i gwmpas ef a'r hen wraig.

'Fe fyddwn ni'n ddiogel y tu mewn i'r cylch.'

Yna eisteddodd wrth ymyl Magdalena ac agorodd y Beibl yn negfed bennod Efengyl Luc. Gafaelodd yn llaw Magdalena a chyda'i lais dramatig gorau dechreuodd ddarllen, gan lafarganu'n uchel.

'A'r deuddeg a thri ugain a ddywedasant gyda llawenydd, gan ddywedyd, "Arglwydd, hyd yn oed y cythreuliaid a ddarostyngir i ni, yn dy enw di."

'Ac efe a ddywedodd wrthynt, "Mi a welais Satan megis mellten, yn syrthio i'r ddaear.

"Wele, yr wyf yn rhoddi i chwi awdurdod i sathru ar seirff ac ysgorpionau, ac ar holl gryfder y gelyn: ac nid oes dim a wna ddim niwed i chwi.

"Eithr yn hyn na lawenhewch fod yr ysbrydion wedi eu darostwng i chwi: ond llawenhewch yn hytrach am fod eich enwau yn ysgrifenedig yn y nefoedd."'

Yna cododd ac estynnodd am y groes arian a'i dal i fyny yn ei law dde cyn cyhoeddi'n uchel, 'Ysbryd aflan,

yn enw'r Tad a'r Mab a'r Ysbryd Glân, dangos dy
hun . . . !'

Atseiniodd ei eiriau rhwng waliau oer y seler. Crychai'r
hen wraig ei llygaid wrth geisio craffu drwy'r gwyll a
oleuid yn bŵl gan y canhwyllau. Doedd dim smic i'w
glywed. Gwaeddodd Jim eilwaith.

'Ysbryd aflan, sarff atgas, yn enw Crist a'i holl angylion,
dangos dy hun!'

Ond yn ofer fu holl gymhellion Jim. Ddaeth neb i'r golwg.
Neb na dim. Cododd Magdalena Rawlins ar ei thraed a
golwg flin ar ei hwyneb.

'Jim, rwy wedi godde'r dwli yma'n llawer rhy hir. Does
yna ddim ysbryd yma; does dim Ysbryd Glân nac Ysbryd
Aflan yma. Mae hi wedi troi hanner nos. Os nad 'ych
chi'n meindio, rwy'n mynd i ngwely. Fe wyddoch chi'r
ffordd allan cystal â neb. Tynnwch y drws yn dynn ar eich
ôl pan fyddwch chi'n mynd.'

Dringodd Magdalena'r grisiau cerrig yn ôl i'r gegin.
Ond roedd rhyddhad yn ogystal â chythrudd yn ei llais.
Swniai fel petai hi'n falch o gael esgus i adael.

Eisteddodd Jim. Anadlodd yn ddwfn a phwysodd ei
ben yn ei ddwylo. Helen. Unwaith eto roedd ei methiant
i gadw amser wedi costio iddo. Wedi'r holl baratoi, roedd
y cyfan yn ofer. Doedd dim unrhyw obaith y byddai Miss
Rawlins yn gwerthu bellach. Dim gobaith o gwbwl.

* * *

Cyn gadael, oedodd Helen er mwyn gosod mwy o baent
coch, llachar ar hyd wyneb y pen ffug. Yna fe'i gosododd
mewn bag plastig. Wrth agor drws y ffrynt, daliodd
gipolwg arni ei hun yn y drych, a bu bron iddi godi ofn
arni ei hunan. Ymddangosai fel hunllef waethaf unrhyw
druan. Drwy'r les a guddiai'r ffrâm uwchlaw ei
hysgwyddau, gwelai ellyll heb ben, gyda stwmpyn o wddf

papier mâché yn gwthio'i ffordd uwchlaw coler ei gwisg wen laes, gwisg wen am y byddai honno'n well na'r un lliw arall er mwyn dangos gwaed, ac am mai dyma'r fath wisg, yn draddodiadol, a wisgai'r Ladi Wen. Cododd odre'i gwisg a sylweddoli nad oedd y sgidiau'n gweddu, pâr o sgidiau uchel at ei phengliniau. Ond pa wahaniaeth, fyddai neb yn eu gweld oherwydd fod hyd ei gwisg yn eu cuddio.

Trodd i edrych ar y cloc yn y gegin a neidiodd ei chalon i'w gwddf. Roedd hi eisoes yn bum munud i hanner nos. Ac fe gymerai bum munud da iddi gyrraedd y plas. Rhuthrodd allan, agorodd ddrws y car a thaflodd y bag yn cynnwys y pen ffug i'r sedd gefn. Taniodd yr injan a sgrialodd y car allan am y ffordd fawr. Aeth Helen i fyny'n chwim drwy'r gerbocs ac ar ôl gadael y pentre, pwysodd ar y sbardun. Yn ffodus byddai'r ffordd yn wag yr adeg yma o'r nos.

Wrth iddi yrru yn ei blaen, aeth drwy gyfarwyddiadau Jim unwaith eto. Yn wir, doedd dim llawer i'w gofio. Dim ond actio fel ysbryd oedd ganddi i'w wneud. Doedd ganddi ddim llinellau i'w cofio, yn wahanol i'r cyfnod pan oedd hi'n actores broffesiynol. Dim ond cerdded ac edrych fel ysbryd. Byddai effeithiau sain a llun Jim yn creu popeth arall.

Sawl tro oedd Jim wedi ei rhybuddio rhag bod yn hwyr? Gwasgodd yn drymach ar y sbardun a hyrddiodd y car yn ei flaen. Gwibiai ar hyd y ffordd gefn. Dwy filltir arall ac fe fyddai yno. Dal dy ddŵr, Jim.

Gymaint oedd awydd Helen i gyrraedd mewn pryd, ac i gofio'r hyn roedd angen iddi ei wneud fel na welodd y lorri gelfi a'i thrêlyr yn tynnu allan o'r arhosfa, filltir o'r troad i'r plas. Ni welodd gyrrwr y lorri chwaith fod car yn dynesu o'i ôl, ar gyflymdra cath i gythraul. Gwelsai olau yn y drych, ond credai fod ganddo hen ddigon o amser i dynnu allan. Yna gwelodd fod y car ar ei warthaf.

Golygfa olaf Helen o'r byd hwn oedd dau olau coch llachar cefn y trêlyr yn ei gwawdio fel dau lygad satanaidd. Ni chafodd gyfle i hyd yn oed gyffwrdd â'r brêc wrth i'r car hyrddio'i hun i mewn ac o dan gefn y trêlyr.

* * *

Rhegai Jim ei lwc wrth iddo fynd ati i glirio'r seler o'r petheuach a gludodd gydag ef er mwyn creu effaith. Gosododd y Beibl, y botel ddŵr a'r groes arian yn ei fag. Datgysylltodd y peiriant recordiau â'i dâp effeithiau sain. Ar ôl iddo orffen rhegi ei anlwc, dechreuodd regi Helen.

Gymaint oedd Jim ar goll yn ei waith a'i dymer ddrwg fel na chlywodd y sŵn isel o gyfeiriad y drws cudd am ychydig. Ond yna sylweddolodd fod yna rywbeth neu rywun gydag ef yn y seler. Clywodd sŵn cadwynau'n cael eu hysgwyd. Helen, o'r diwedd. Helen, chwarter awr yn hwyr. Diolchodd yn dawel fod Miss Rawlins wedi mynd i'w gwely. O leiaf, ni fyddai honno fymryn callach o'r holl gynllwynio a thwyll a fu'r tu ôl i'r cyfan.

Clywodd sŵn bolltau drws yn cael eu tynnu a gwichian y dolenni wrth i'r drws gael ei wthio'n agored. Ac yn isel, uwchlaw'r synau hynny, clywai synau rhywun yn griddfan. Dyna pryd y deallodd Jim fod y sefyllfa'n un ryfedd iawn. Roedd y peiriant recordio yn ei law ac wedi ei ddiffodd. Rhaid bod Helen wedi penderfynu dod â'i pheiriant recordio ei hun gyda hi.

Yn y gwyll ym mhen pellaf y seler gwelodd gysgod yn symud, yn dynesu'n araf. A chlywodd sŵn annisgwyl, rhyw sŵn slwtsian. Doedd hyn ddim yn rhan o'r cynllwyn. Rhaid bod Helen wedi bod yn fwy dyfeisgar na'r disgwyl. Roedd hi wedi arllwys dŵr i'w sgidiau i greu'r argraff bod ei thraed yn slwtsian mewn gwaed. Syniad gwych! Er gwaetha'r ffaith ei bod hi'n hwyr, yn llawer rhy hwyr, canmolodd yn dawel ei dyfeisgarwch.

Yn araf, symudodd y ddrychiolaeth i mewn i bwll goleuni un o'r canhwyllau. Ni fedrai Jim wneud dim ond edmygu o bell heb ddweud gair. Rhedai gwaed o'r stwmpyn gwddf ac i lawr ar hyd y wisg wen, laes. Ac yn hongian o law dde Helen crogai'r pen ffug. Ymddangosai, yn y gwyll, yn gampwaith. Llifai gwaed ohono a gwelai fod y llygaid, er eu bod yn agored, yn goch gan waed. Gwenai'r dannedd yn glaerwyn yn erbyn y cochni a lifai rhwng y gwefusau.

'Gwych, Helen. Campwaith! Ond rwyt ti braidd ar ei hôl hi. Mae'r hen wreigan wedi blino disgwyl. Mae hi wedi mynd i'w gwely.'

Nid atebodd Helen. Ond ymlusgai yn ei blaen, ei thraed yn siffrwd drwy'r gwellt sych ar lawr y seler ac yn slwtsian o fewn y sgidiau. Slwtsh! Slwtsh! Syllodd Jim unwaith eto ar y pen gwneud a hongiai o law dde Helen, y bysedd ynghlwm yn y gwallt ffug. A dyna pryd y sylweddolodd fod y gwefusau'n symud. Sut yn y byd y llwyddodd hi i greu'r fath orchest?

Sylweddolodd Jim yn araf fod y gwefusau'n ceisio dweud rhywbeth. Cwbl nodweddiadol o ddyfeisgarwch Helen. Er ei bod hi'n rhy hwyr i gadw'r oed â'r hen wreigan, roedd hi nawr yn tynnu coes Jim. Gwenodd Jim, ond rhewodd y wên ar ei wefusau.

'Sori . . . ' meddai'r gwefusau wrth i Helen nesáu. 'Sori . . . '

Allan o geg y Peth saethodd llowc o waed. Camodd Jim am yn ôl nes oedd ei gefn yn erbyn y wal.

'Iawn, Helen. Jôc drosodd. Mae hi'n rhy hwyr. Gad i ni fynd adre. Does dim pwrpas i ti actio bellach.'

Ymlusgodd Helen yn ei blaen, ac wrth iddi ddynesu

ato ac wrth iddi agosáu at fwy o'r canhwyllau gwelodd Jim yn gliriach. Roedd gwaed Helen yn dal i lifo. Roedd y gwaed o'r pen yn dal i ddiferu. A throdd Jim at un o'r gweddïau a ddysgodd ar gyfer achlysuron o'r fath, ond fod y rheiny'n achlysuron gwneud.

'Ysbryd gwenwynig! Pwy bynnag wyt ti, gorchmynnaf di i ufuddhau i mi ym mhob peth. Bwriaf di allan, Ysbryd Aflanaf. Ysbryd Goresgynnol. Yn enw Crist, bydded i ti ddiwreiddio dy hun a'th daflu dy hun i ddyfnderoedd Uffern . . . '

Slwtsh! Slwtsh! 'Sori . . . '

' . . . Gwrando arnaf, Satan, ac ofna. Gelyn y Ffydd! Gwyrdroad Cyfiawnder! Gwreiddyn Drygioni! Twyllwr Dynoliaeth! Lleidr Bywyd! Bradwr y Cenhedloedd ... '

'Sori bo fi . . . '

Erbyn hyn roedd hi bron o fewn cyrraedd iddo. Bron iawn na fedrai arogli'r persawr arni, persawr yn gymysg ag arogl petrol. Ymbalfalodd Jim am y groes o waelod y bag a daliodd hi i fyny rhyngddo ef a'r ddrychiolaeth a ddynesai.

'Sarff Hynafol! Epil Satan! Yn enw'r Hwn sydd â'r grym i'th ddanfon i Uffern, yr Hwn a'th orchfygodd di drwy rym ei Groes, dos o'r lle hwn, Droseddwr y Diniwed! Gelyn Daioni! Erlidiwr y Diniwed! Bwriaf di allan, Sarff Dwyllodrus . . . '

Llusgodd y Peth ei hun ymlaen ac ymlaen. Slwtsh! Slwtsh! Lledodd ei braich chwith a chofleidiodd ei chariad. Disgynnodd Jim Humphreys i'r llawr yn gwbl ddiymadferth. Ni chlywodd y Peth yn sibrwd.

'Sori bo fi'n hwyr, cariad.'

* * *

Siom yn hytrach na dicter oedd yn corddi teimladau Magdalena Rawlins wedi i arwyddocâd y twyll ddod yn amlwg iddi. Ar ôl chwarter awr, a dim sôn am Jim yn dod i fyny'r grisiau, aeth yn ôl i'r seler a'i ganfod yn gorwedd ar waelod y grisiau cerrig. Gorweddai ar wastad ei gefn, ei geg yn llydan agored fel petai'n gweld rhyw ddrychiolaeth ar y nenfwd.

Er gwaetha'i gwynegon, llwyddodd Magdalena i benlinio yn ei ymyl. Roedd e'n fyw, a dim unrhyw olion arno a allai fod yn effaith cwymp o ben y grisiau. Gosododd ei llaw ar ei dalcen a'i gael yn gynnes. Symudodd ei llaw i gydio am ei arddwrn, a theimlodd guriad pendant. Wrth iddi wneud hynny, sylwodd fod rhywbeth yn ei law, rhywbeth metalaidd, sgwâr. Ceisiodd ei ryddhau o'i fysedd cloëdig. Gwelodd fod Jim wedi bod yn dal peiriant sain bychan, twt. Er nad oedd ganddi unrhyw glem am dechnoleg fodern, gwasgodd fotwm. O'r peiriant clywodd sŵn cadwynau'n clancian a sŵn drws yn agor yn wichlyd. Roedd hi wedi clywed synau tebyg ar hyd y nosau diweddar.

Gwenodd yr hen wreigan wên ddihiwmor. Roedd Jim wedi ceisio'i thwyllo. Jim Bach, o bawb, wedi ceisio gwneud ffŵl ohoni. Fedrai hi ddim ymddiried yn neb y dyddiau hyn.

Gorfododd ei hun i ymgymryd â'r dasg gyntaf a'i hwynebai. Ailddringodd y grisiau cerrig yn araf a ffoniodd yr heddlu i adrodd am y ddamwain. Beth bynnag fu drygioni Jim Bach, roedd e'n haeddu tendans. Sylweddolai Magdalena y câi hi ei holi'n fanwl a phenderfynodd na fyddai'n dweud y cyfan. Nid oherwydd ei bod hi am gadw dichell Jim yn guddiedig er ei les ei hun. Na, roedd hi'n fenyw rhy falch i hyd yn oed awgrymu iddi gael ei thwyllo. Felly, wnâi hi ddim dweud popeth. Digon i fodloni'r heddlu, dyna i gyd.

Ar ôl hysbysu'r heddlu, a'r rheiny wedyn yn gaddo cysylltu â'r parafeddyg, gadawodd Magdalena gyfeiriadau ar sut i ganfod y claf. Addawodd adael drws y ffrynt yn agored fel y gallai hi fynd yn ôl at Jim a gadael ffordd i mewn i'r swyddogion heddlu ac ambiwlans. Wrth iddi agor drws y ffrynt gwelodd oleuadau yn fflachio drwy'r coed ger y fynedfa i'r plas. Yn amlwg, roedd rhyw ddamwain wedi digwydd yno hefyd.

Aeth yr hen wraig yn ôl i lawr y grisiau. Eisteddodd ar y gris isaf a chododd ben Jim Bach a'i osod yn ei chôl. Oedd, roedd e wedi bod yn ddrwg, yn ddrwg iawn. Ac eto i gyd, ni allai ei gasáu. Edrychai mor ddiniwed. Un felly a fu Jim Bach erioed.

Y Crediniwr

Doedd dim gwadu bellach nad oedd triniaeth Martin Andrews, er ei bod yn un gyntefig, yn dechrau cael effaith gadarnhaol ar Jim Humphreys. Roedd wedi llwyddo, o'r diwedd, i gofio'r hyn a achosodd ei stiwpor a'i hunllefau. Ac roedd hynny wedi symud y bloc yn ei ymennydd. Ond ai ffrwyth hunllef oedd yr ymwelydd nosol, symptom o'i salwch, ynteu ysbryd go iawn? Doedd ond un ffordd i ganfod yr ateb. Wynebu'r Peth. Ei herio unwaith ac am byth.

Am oriau bu'n gwylio symudiad araf bysedd y cloc. Cyn hir byddai'n amser iddi Hi alw unwaith eto. Cofiodd am y gân honno y bu Helen yn ei chanu wrth iddi baratoi i fynd i Blas y Mynach. Ymddangosai hynny bellach fel petai wedi digwydd ganrif yn ôl. Mewn oes wahanol. Mewn byd gwahanol.

> Pleth dy wallt yn rhuban euraidd,
> Yn gynnes yn dy olau peraidd,
> A bysedd brau y barrug yn deffro hun y cerrig –
> Tyrd, ysbryd y nos . . .

Ac wrth i ddau fys y cloc uno ar hanner nos, clywodd y sŵn llusgo a'r slopian traed. Slwtsh! Slwtsh! Yr union sŵn a wnaeth ef ei hun wrth ymlusgo adre o'r gors ar ôl bod yn crwydro gyda Ianto. Slwtsh! Slwtsh! Yr union sŵn a glywsai'r noson ofnadwy honno yn y seler. Dŵr oedd yn ei sgidiau ef wrth iddo groesi'r gors. Gwyddai fod yna rywbeth tewach na dŵr yn sgidiau'r Peth. Dynesai'r ymwelydd gam wrth gam, shifflad ar ôl shifflad. Gwelodd Jim y drws yn agor gyda'i ochenaid arferol a'i ymwelydd yn gwthio drwodd tuag ato.

> Ysbryd y nos, rho'th olau mwyn,
> Ysbryd y nos, rho im dy swyn,
> Ysbryd y nos, fel angel y dydd,
> Ysbryd y nos, enaid y pridd.

Ymladdodd Jim i gadw'i lygaid yn agored. A gwelodd y Peth yn nesáu at ei wely. Ers ei farwolaeth roedd Helen wedi dechrau madru. Doedd dim cnawd o dan groen ei breichiau. Llanwyd ffroenau Jim unwaith eto â thawch marwolaeth. Ni allai weld ei phen. Roedd hwnnw'n eisiau. Yna gostyngodd Jim ei lygaid a gwelodd y pen yn gorwedd ar law dde Helen. Roedd tyllau lle bu'r llygaid. Gwenai'r dannedd rhwng gwefusau duon mewn ystum crechwen. Cordeddai cynrhon yn ei cheg a'i ffroenau. Yna symudodd y gwefusau.

'Sori bo fi'n hwyr, cariad.'

Roedd crygni yn ei llais. Swniai fel petai ei gwddw'n llawn pridd. Ceisiodd Jim atal ei hun rhag sgrechian yn uchel wrth i law chwith Helen ddisgyn ar ei law dde ef.

'Jim, rwy'n sori bo fi'n hwyr. Ond dyna fe, fe wnest ti ddweud ganwaith y byddwn i'n hwyr i fy angladd fy hun.'

Llwyddodd Jim i hanner-codi ar ei eistedd. Syllodd i fyw'r socedi gweigion. Ceisiodd lyncu ei boer, ond roedd ei geg yn sych. Teimlodd ddagrau'n treiglo'n boeth i lawr ei ruddiau. Crawciodd wrth ei chyfarch, ond gwrthododd y geiriau ddod o'i geg.

'Helen, cariad, dwyt ti ddim yn hwyr. Damia! Alla i ddim siarad. Be ddiawl wna i?'

'Paid â phoeni, Jim,' atebodd Helen, 'rwy'n medru dy ddarllen fel llyfr. Agor dy feddwl i mi, rwy'n dy glywed.'

'Rwyt ti'n dal i fod yn bartner perffaith . . . ond . . . rwyt ti wedi bod ar goll yn rhy hir, cariad. Mae'n bryd i ti fynd adre. Rwy'n dal i dy garu di, Helen. Ond er fy mwyn i, ac er dy fwyn dy hun, dos adre i dy le dy hun. Un dydd, fe wna i dy ddilyn di. Yna fe fyddwn ni gyda'n gilydd unwaith eto. Dos nawr, cariad, a phaid â dod yn ôl.'

Gwenodd y gwefusau duon unwaith eto ac anwesodd y llaw â'r croen memrynaidd foch Jim. Ymladdodd yn erbyn y cyfog a godai i'w wddf yn sur-gynnes.

'Os mai dyna wyt ti'n feddwl sydd orau, cariad, yna mi af fi. Paid â bod yn hir cyn dod ata i. Rwy'n teimlo'n unig iawn hebot ti. Wela i di, cariad. A chofia, os fyddi di angen unrhyw beth, jyst chwibana.'

Trodd Helen a chlywodd Jim, am y tro olaf, slwtsian ei thraed wrth iddi symud drwy ffrâm y drws ac ymdoddi i'r nos yn nhywyllwch cymharol y coridor.

Dychwelodd y gân i'w gof.

> Ac yno yn y dyffryn tawel,
> Mi glywaf gân yn sŵn yr awel,
> A neges hud y geirie yn hedfan dros y brynie –
> Tyrd, ysbryd y nos . . .

Wedi iddi ddiflannu, chwalodd Jim yn llwyr. Cuddiodd ei wyneb â'i ddwylo a beichiodd wylo. Ysgydwai ei gorff gan hyrddiadau o alar. A dyna pryd y sylweddolodd Jim iddo lwyddo i symud ei ddwylo, ac iddo'n gynharach lwyddo i godi bron iawn ar ei eistedd. Ac o sylweddoli hynny, wylodd eto.

* * *

Adferiad araf ond cynyddol Jim Humphreys a wnaeth beri iddo dyngu y byddai'n cael y gorau ar Doctor Martin

Andrews. Lle gynt y dymunai farw, roedd yn benderfynol nawr y gwnâi fyw. A grym y penderfyniad oedd yr awydd i ddial ar Andrews. Ddim yn unig am y modd y dioddefodd ef ei hun o'i driniaeth gïaidd ond er mwyn Alys.

Gwyddai i sicrwydd bellach fod Alys wedi marw. A theimlai y gwyddai sut y bu farw. Ac wrth iddo gryfhau, teimlai y gallai brofi hynny. Doedd wiw iddo ddangos mewn unrhyw ffordd ei fod e'n gwella. Rhaid fyddai cuddio pob arwydd o'r adferiad. Byddai'n parhau i ymddwyn fel un wedi'i barlysu, heb fedru gweld, clywed na symud.

Ac yntau erbyn hyn yn medru teimlo cyffyrddiad llaw unwaith eto, ei orchwyl mwyaf anodd oedd peidio ag ymateb yn reddfol i'r therapi trydan a phigiadau'r nodwydd. Gynt, pan na fedrai symud doedd hynny ddim yn broblem. Ond nawr, cymerai nerth ymataliol ei holl fod i wrthsefyll rhwygiadau'r hyrddiadau trydan drwy ei ben a brathiad sydyn y nodwydd yn ei fraich neu yn ei goes. Oedd, roedd amser i bopeth, ac fe ddeuai'r amser pan gâi ddial ar Doctor Andrews.

Cyn belled ag yr oedd hwnnw yn y cwestiwn fe âi bywyd yn ei flaen fel arfer. Doedd dim wedi newid, ar wahân i'r ffaith fod nyrs arall wedi cymryd lle Alys, a bod Andrews erbyn hyn, yn amlwg, â'i lygad ar honno. Gan mai Andrews oedd pennaeth y ward, ef oedd yn dewis nyrs i'w helpu. Gadawai hynny'r maes yn agored iddo ddewis un a allai ddatblygu i fod yn degan personol iddo. Fel ffermwr mewn marchnad, câi dragwyddol heol i daflu llygad dros yr hyn oedd ar gael ac yna gwneud ei ddewis. Yn achos ei ymddygiad yng nghwmni'r nyrs newydd, sylwodd Jim ar y symudiadau bychain, yr union symudiadau a ddefnyddiodd y diawl i hudo Alys. Cyffyrddiadau bach damweiniol yr olwg. Y wên ffals y

125

dysgodd Jim ei hadnabod ond yn rhy dda. A'r tafod llithrig, celwyddog llawn mêl a thriog gwenieithol.

Er ei bod hi'n bwysig cymryd amser, doedd gan Jim – am unwaith – ddim cymaint â hynny o amser i'w wastraffu cyn i'r nyrs newydd ddilyn, hwyrach, yr un ffawd ag Alys, druan. Deallodd mai Sandra oedd ei henw, merch landeg a chanddi wallt tywyll a llygaid brown siriol. Ymddangosai fel petai hi yn ei hugeiniau canol ac, fel Alys, yn rhy hygoelus o lawer yng nghwmni twyllwr mor fedrus ac argyhoeddiadol ag Andrews. Os oedd cynllun Jim i lwyddo, rhaid fyddai gweithredu cyn gynted ag y bo modd. Ond byddai gofyn iddo gynllunio a chynllwynio'n fanwl.

* * *

Ni allai Martin Andrews gredu mor hawdd y bu hi i ladd Alys. Doedd lladd ddim yn beth newydd iddo. Fel meddyg, bu farw nifer o gleifion o ganlyniad i'w driniaethau. Rhai ohonynt o ganlyniad i arbrofion a wnaethai arnynt, eraill yn ddamweiniol. Ond roedd bywyd yn aberthol. Roedd yna rai pethau a oedd yn llawer pwysicach na bywyd a marwolaeth. Ac un o'r rheiny oedd ei yrfa ef. Doedd dim byd yn bwysicach na hynny.

Un peth oedd lladd claf er mwyn datblygiad meddygaeth. Peth arall oedd llofruddio rhywun mewn gwaed oer. Alys oedd yr unig un iddo ladd yn uniongyrchol. Marw'n araf ac yn raddol wnaethai'r cleifion hynny y bu'n arbrofi arnyn nhw. Cyfeirid yn aml at lofruddiaeth berffaith. Ond gwyddai Martin o'r gorau mai'r unig lofruddiaeth berffaith oedd marwolaeth nad oedd yn ymddangos fel llofruddiaeth yn y lle cyntaf. A gwyddai fod gwir i'r hen honiad fod modd i bob meddyg gladdu ei gamgymeriadau.

Ond roedd Alys wedi arwyddo ei thystysgrif

marwolaeth ei hun i raddau helaeth. Hi oedd wedi gwthio pethau. Hi oedd wedi troi affêr yn rhywbeth amgen. Pam na fedrai hi sylweddoli mai rhyw oedd unig bwrpas y berthynas? Pam fod rhaid i bob merch fod mor awyddus i briodi a chael plant? Roedd bywyd yn rhy fyr i feddwl am gyfrifoldebau. Pam fu'n rhaid iddi syrthio mewn cariad ag ef? Petai hi heb wneud hynny, fe fyddai Alys yn dal yn fyw. Arni hi ei hunan oedd y bai. Ond roedd un peth o'i phlaid hi, meddyliodd. O leiaf roedd ganddi chwaeth.

Ond roedd Alys yn hygoelus – na, roedd Alys yn dwp. Ie, twp oedd y gair – ac wedi llyncu'r abwyd yn llwyr. Roedd cariad wedi ei dallu. Ei chamgymeriad mawr fu caniatáu iddi hi ei hun fynd yn feichiog. Fe allai eu perthynas fod wedi para am flynyddoedd, ddim ond iddi hi fod wedi cau ei cheg. Ond fedrai Andrews ddim bod yn siŵr y byddai hi'n cau ei cheg. Fe fyddai hi'n siŵr o fod wedi dweud wrth rywun. Ac fe âi'r stori yn ôl at Janis. A dyna beth fyddai piso ar ei tships. Na, ni fedrai gymryd y fath risg.

Roedd e wedi ceisio ymresymu â hi. Roedd e wedi awgrymu erthyliad. Ac fel meddyg roedd ganddo'r cysylltiadau ar gyfer cyflawni hynny heb i neb ond ef ac Alys wybod am y peth. Ond pan awgrymodd hynny iddi, fe aeth hi'n hysterig a bygwth dweud wrth Janis. Arni hi oedd y bai. Petai'r feiden fach heb ei fygwth, fe fyddai hi'n dal yn fyw.

Peth hawdd fu twyllo Alys i gael cyfarfod bach rhamantus yn ei fflat. Potel o win a thusw o rosynnau. Do, fe lyncodd hi'r abwyd yn llwyr. Wrth iddo dywallt y gwin, heb i Alys sylweddoli mai hi yn unig oedd yn ei yfed, bu'r ddau'n trafod eu dyfodol. Ymddangosai hwnnw i Alys mor brydferth â'r rhosynnau a gyflwynwyd iddi gan Martin. Yna, ar ôl dal dwylo a chusanu, aeth Alys i newid i rywbeth bach mwy cyffyrddus. Rhoddodd hynny'r cyfle i Martin socian darn o wlân cotwm ag ether. Yna, gydag Alys yn troi i arllwys gweddill y gwin i'w gwydr doedd ond angen gwasgu'r gwlân cotwm trwythedig dros ei cheg a'i ffroenau i'w gwneud hi'n llwyr anymwybodol.

Cariodd gorff cynnes Alys i'r stafell wely. Gosododd hi o dan y dillad ac yna tynnodd o'i boced focs yn cynnwys y nodwydd hypodermig. O boced arall tynnodd allan ffiol o Benzodiazepine. Sugnodd yr hylif i fyny i'r hypodermig, a honno'n ddos bedair gwaith y cryfder arferol. Yna gwthiodd flaen y nodwydd i fraich chwith Alys a gwasgu'r plymiwr plastig. Llifodd y gwenwyn i wythïen Alys ac yna'n gymysg â'i gwaed. Gadawodd y nodwydd i hongian o'i braich. Cododd law dde Alys a gwasgu ei bysedd o gwmpas y nodwydd hypodermig gan ofalu gwasgu ei bawd ar dop y plymiwr.

Roedd Martin wedi gofalu gwisgo menig rwber cyn mynd ati i glirio'r holl dystiolaeth. Gosododd focs gwag y cyffur a'r un wnaeth ddal yr heipo ar y llawr ger y gwely, ar ôl gofalu fod olion bysedd Alys arnynt. Gosododd y deunydd meddygol arall i gyd mewn bag plastig a dynnodd allan o'i boced. Tywalltodd waddod y gwin o'r botel i lawr y sinc a gosod y botel wag a'r gwydr ar y cabinet gerllaw'r gwely. Dim ond hi oedd wedi gafael yn y botel gan ei fod wedi gofalu fod y botel wedi ei lapio mewn papur cyn ei throsglwyddo i Alys. Gofalodd hefyd fod y papur lapio gyda'r sbwriel arall yn y bag plastig.

Yna fe drodd Martin at ei *pièce de résistance*. Tua mis yn gynharach yn y fflat daethai ar draws llythyr roedd Alys wedi dechrau ei ysgrifennu at ei rhieni. Ynddo fe wnaethai gychwyn, ar ôl cyfarch y ddau, gyda'r geiriau, 'Fedra i ddim mynd ymlaen fel hyn. Rhwng gwaith ac astudio ar gyfer yr arholiad nesaf, mae'n rhaid i fi ffeindio amser i ddod i'ch gweld chi. Rwy'n gweld eich colli chi gymaint.'

Aethai'r llythyr ymlaen i ddatgan ei bod hi, fel arall, yn berffaith hapus a'i bod hi wedi gwneud ffrindiau da. Un yn arbennig. Tasg hawdd i Martin fu torri top y dudalen, yn cynnwys y dyddiad, a chadw ond y cyfarchiad a'r ddwy frawddeg gyntaf a awgrymai fod Alys yn anhapus. A dyna'r dystiolaeth wedi ei chofnodi yn llawysgrifen Alys ei hun, heb lofnod, mae'n wir, a ddangosai nad oedd Alys yn hapus. Gosododd y nodyn wrth ymyl y botel ar y cabinet. Ei reswm dros gipio'r llythyr anorffenedig yn y lle cyntaf oedd i atal ei rhieni rhag dod i wybod fod gan eu merch ffrind arbennig. Ar ôl cipio'r llythyr roedd wedi ei rhybuddio rhag gwneud unrhyw awgrym fod ganddi gariad nes y byddai ei ysgariad ef a Janis wedi ei arwyddo.

Cyn gadael aeth Andrews drwy'r fflat â chrib fân. Da fu iddo wneud hynny oherwydd mewn drôr darganfu lun ohono'i hun. Ni wyddai sut y daeth Alys o hyd i un o'i luniau. Gwthiodd ef i'w boced.

O'r diwedd teimlai fod popeth mewn trefn. Ond wrth droi i adael, sylwodd ar y tusw o rosynnau ar y bwrdd. Gafaelodd ynddynt. Fe wnaent yn iawn i Janis. Doedd dim byd fel tusw o rosynnau i doddi calon merch.

* * *

Pan welodd Jim fod gan Martin Andrews ymwelydd yn y stafell drws nesaf, tybiodd oddi wrth ei ymddangosiad mai ditectif oedd yno. Tybiodd yn gywir wrth glywed, dros yr intercom, y dyn yn cyflwyno'i hun fel y Ditectif Inspector Lionel Bennett. I gadarnhau hynny tynnodd allan waled fechan yn dal ei gerdyn warant. Gwenodd Martin ei wên fwyaf trioglyd a chymell y swyddog i eistedd.

'Mae'n debyg eich bod chi'n sylweddoli pam rydw i yma.'

'Ydw, siŵr iawn, Inspector Bennett. Gwneud ymchwiliadau i farwolaeth Alys Wilson 'ych chi. Trist iawn. Colled fawr hefyd i ni fel staff. Merch gydwybodol. Mae merched fel'na'n brin y dyddiau hyn.'

'Wrth gwrs. Ac r'ych chi'n iawn. Cynnal ymholiadau i'w marwolaeth hi ydw i.'

'Ond ydi e ddim yn glir mai cymryd ei bywyd ei hun wnaeth hi?'

'Felly mae'n ymddangos, Doctor Andrews. Ond mae hi'n rheidrwydd arnon ni i ymchwilio i bob posibilrwydd a dilyn pob llwybr. Gan ei bod hi wedi gweithio'n agos iawn gyda chi, mae'n naturiol y byddwn ni am gael gair â chi.'

'Wrth gwrs, Inspector. Fe wna i eich cynorthwyo chi gymaint ag y medra i. Rwy mor awyddus â chi i ganfod y gwir.'

Nad wyt, y bastard creulon. Dyna'r peth olaf rwyt ti'n ei ddymuno. Nid cymryd ei bywyd ei hun wnaeth hi. Ti lofruddiodd Alys.

'Oedd ganddi hi lawer o ffrindiau?'

'Na, ddim gymaint â hynny. Roedd hi'n ferch swil. Cadw'i hunan iddi hi ei hunan. Roedd hi'n gyfeillgar iawn â phawb, cofiwch.'

'Beth am ddynion? Oedd ganddi hi rywun oedd . . . wel, yn agos ati hi? Rhywun arbennig yn ei bywyd?'

'Ddim hyd y gwn i. Fel y dywedais, roedd hi braidd yn swil. Wnes i ddim erioed feddwl bod ganddi ddiddordeb mewn unrhyw ddyn arbennig.'

Y celwyddgi diawl.

'Wnaeth hi erioed sôn wrthoch chi am unrhyw un? Rhywun o'i gorffennol, hwyrach?'

'Dim gair. Ond dyna fe, dim ond yn y gwaith fydden ni'n cwrdd. Fues i erioed yn ei chwmni yn gymdeithasol.

Ar wahân i barti Nadolig yr ysbyty, wrth gwrs. Ond eithriad oedd hynny. Ond i ateb eich cwestiwn chi, na, chlywais i ddim gair ganddi am ddynion yn ei bywyd.'

Y gwir o'r diwedd. Ti oedd yr unig ddyn yn ei bywyd hi, y cythraul.

Cododd Andrews ac arllwys paned o goffi'r un iddo ef a'r swyddog o'r peiriant ger y drws. Aeth yr Inspector yn ei flaen.

'R'yn ni wedi dadansoddi'r cyffur wnaeth ei lladd hi. Benzodiazepine. Gorddos, wrth gwrs. O leiaf bedair gwaith y cryfder arferol. Fyddai hi'n gyfarwydd â'r cyffur?'

'Wrth gwrs, yn gyfarwydd iawn. Am gyfnod fe fu hi'n ei roi i'r claf drws nesa i ni. Mae e'n gyffur sy'n cael yr un effaith, bron, â Valium. Mae e'n gyffur ymlaciol ac yn dawelydd hefyd. Ei unig berygl yw y gall, o'i ddefnyddio dros amser, achosi problemau i'r galon.'

'Beth am orddos ohono?'

'Wel, fe sonioch chi am ddos oedd bedair gwaith y cryfder arferol. Yn ôl fy marn i fe fyddai hynny wedi achosi anymwybyddiaeth bron iawn ar unwaith ac yna drawiad marwol ar y galon.'

'Fyddai alcohol wedi prysuro'r effeithiau?'

'Byddai.'

'Wel, mae'n ymddangos fod Miss Wilson wedi yfed ymron botelaid o win cyn iddi chwistrellu ei hun â'r cyffur.'

'Dydi hynna ddim yn annisgwyl. Mae amryw sy'n lladd eu hunain yn yfed alcohol er mwyn magu digon o hyder i gymryd y cam hwnnw. Ac er mwyn cyflymu'r broses o farw.'

Mae'r diawl mor llithrig â llysywen.

'Ydi'r cyffuriau sy'n cael eu cadw yma dan glo?'

'Nos a dydd. Dim ond fi, a phwy bynnag sy'n helpu

yma, sydd â'r cod cywir ar gyfer agor y cypyrddau cyffuriau.'

'Felly fe fyddai Miss Wilson yn gwybod y cod?'

'Wrth gwrs.'

'Oes ganddoch chi ffeil cofnodi ar gyfer cyffuriau?'

'Wrth gwrs.'

Agorodd Martin ddrôr yn ei ddesg a thynnu allan y ffeil.

'Dyma hi, Inspector.'

'Oes yna gofnod ar gyfer y diwrnod wnaeth Miss Wilson ei lladd ei hun?'

'Na, dim byd. Ond arhoswch. Fe wnes i ddod â'r cwrs Benzodiazepine ar gyfer y claf drws nesa i ben dros bythefnos yn ôl. Edrychwch. Mae Alys . . . Miss Wilson . . . wedi cofnodi iddi gymryd allan bedair dos o'r cyffur yn ystod yr wythnos wedyn. Mae'n rhaid ei bod hi wedi mynd â nhw oddi yma a'u storio ar gyfer ei lladd ei hun.'

Y diawl celwyddog. Fe wnes i dy weld ti'n ysgrifennu rhywbeth yn y llyfr. Fe wnes i dy weld ti'n gosod gwahanol feddyginiaethau yn dy boced. Rwyt ti'n rhaffu celwyddau. Ond fe ddaw dial, y bastard. Fe wna i'n siŵr o hynny. Er mwyn Alys. Unwaith fedra i siarad, fe wna i ddweud y cyfan.

Ceisiodd Jim ffurfio geiriau. Methodd. Ond yn amlwg roedd wedi creu rhyw fath o synau gan i Martin a'r Inspector droi i edrych arno. Prysurodd Martin i esbonio.

'Claf yn dioddef o stiwpor, Inspector. Breuddwydio mae e, siŵr o fod. Mae e'n gwbwl ddiymadferth, druan. Chewch chi ddim gair allan ohono fe. Wel, dim byd dealladwy, beth bynnag.'

Cyn hir, Doctor Andrews, fe wna i lwyddo. Cred ti fi. A phan wna i, Duw a dy helpo di.

'A, wel, diolch yn fawr i chi, Doctor. R'ych chi wedi bod

yn help mawr i fi. Os cofiwch chi unrhyw beth perthnasol, rhowch ganiad i fi.'

Estynnodd yr Inspector gerdyn i Martin. Gwthiodd yntau ef i boced ei gôt.

'Fydda i'n siŵr o wneud, Inspector. Ond oes yna unrhyw amheuaeth nad cymryd ei bywyd ei hun wnaeth Miss Wilson?'

'Na, rwy'n credu y medrwn ni gau'r llyfr ar fywyd Alys Wilson, Doctor. Prynhawn da.'

Cerddodd yr Inspector allan gan adael Martin Andrews yn gwenu'n hunanfoddhaus. Trodd wrth iddo glywed y drws y tu ôl iddo'n agor a gweld Sandra'n cerdded i mewn.

'Sandra, braf eich gweld chi. R'ych chi fel chwa o awel iach.'

* * *

Teimlai Jim Humphreys ei gorff yn cryfhau o ddydd i ddydd. Teimlai hefyd fod ei feddwl a'i gof yn clirio, diolch yn rhannol i'w benderfyniad y câi ddial ar Andrews. Gweithredai'r penderfyniad fel rhyw gymhelliad dros fynnu cael byw. Credai fod y driniaeth *ECT*, er mor gyntefig oedd dull Martin Andrews o'i gweithredu, yn cael effaith gadarnhaol. Hynny, a'r ffaith i'r doctor roi'r gorau i gyflwyno Benzodiazepine i'w wythiennau. Ond y rheswm pennaf dros ei adferiad, meddyliodd, oedd llwyddo i symud y bloc yn ei feddwl, a hynny, yn ei dro, wedi rhoi pen ar ei hunllef nosweithiol. Unwaith y cofiodd y rheswm dros ei drawma, ciliodd yr hunllef.

Yr anhawster mwyaf oedd cuddio'i adferiad rhag llygaid Doctor Andrews a Sandra a gweddill y staff. Byddai'n ymarfer symud ei freichiau a'i goesau tra oedd ar ei orwedd yn y gwely. Ond gofalai beidio â gwneud hynny yng ngŵydd unrhyw un. Ac yn yr un modd, wrth geisio ailfeddiannu ei allu i siarad, gwnâi hynny hefyd pan na fyddai neb o gwmpas. Eisoes llwyddodd i gyfleu rhyw grawcian bloesg o'i wddf.

Yn y cyfamser fe âi bywyd yn ei flaen fel cynt. Doedd neb yn sôn am Alys druan. Ac roedd Martin yn ennill teimladau Sandra fwyfwy bob dydd. Rhaid fyddai i Jim weithredu cyn hir i roi stop ar ei stranciau a'i gael i ateb dros yr hyn a wnaethai i Alys. Teimlai'n sicrach nag erioed y câi gyfle i ddial ar y doctor.

Wrth iddo deimlo'i hun yn gwella, daeth hefyd i sylweddoli'r hyn yr oedd wedi'i golli. Dim papurau newydd yn y bore. Dim cyfle i wylio teledu. Dim cyfle i wrando ar y radio. Oedd, roedd set deledu ar y cabinet gerllaw a ffôn pen ar gyfer radio wrth ei benelin a'r offer tiwnio ar y wal y tu ôl iddo. Ond doedd neb yn cynnau'r set deledu a doedd wiw i Jim gynnau'r gwasanaeth radio heb ddatgelu cyfrinach ei adferiad.

Wrth ymarfer ei lefaru fe ailadroddai hen rigymau o'i ddyddiau ysgol. Un, dau, tri; Mam yn dal pry. Dacw Mam yn dŵad dros y gamfa wen. Lleuad yn olau, plant bach yn chwarae, lladron yn dŵad gan wau sanau. Fuoch chi 'rioed yn morio? Wel do, mewn padell ffrio. Ond rhaid oedd bod yn garcus neu fe neidiai o'r badell ffrio i'r tân. Canmolodd ei hun am fedru gwneud jôc am ei gyflwr, rhywbeth a oedd ymhell o'i allu hyd yn oed wythnos yn ôl.

Roedd Sandra'n ddigon siriol, yn wên i gyd. Rhegai ei hun yn dawel am orfod peidio â gwenu'n ôl arni. Yn y cyfamser, parhau wnâi'r driniaeth *ECT*, ac yntau erbyn hyn yn dechrau dygymod â'r ysgytwadau a siglai'i gorff a'r hyrddiadau sydyn a holltai drwy ei ymennydd fel mellt. Oedd, roedd modd godde'r uffern waethaf. Fe wyddai Jim Humphreys hynny ond yn rhy dda. Roedd e'n dal ar ei siwrnai faith tuag adref o'r uffern honno.

Cofiai fwyfwy am Helen. Deuai'n ôl i'w gof nid fel y Peth drychiolaethol a ddeuai i ymweld ag ef yn ei hunllefau dyfnaf ond fel y fenyw brydferth, ffyddlon a'i hachubodd o'i fywyd dibwrpas a digyfeiriad. Bogart a Bacall, Morgan a Slim. Ie, mor ychydig a wyddent, chwedl yr hen Hoagy Carmichael yn ei gân. A'r cyfamod a wnaed – Cofia, os fyddi di byth angen rhywbeth, jyst chwibana.

· · ·

Gwthiwyd Jim i wynebu Doctor Andrews yn gynt nag y dymunai. Un bore, dros yr intercom o'r stafell nesaf, clywodd y doctor yn perswadio Sandra i fynd allan am noson. Ailadroddodd Andrews yr un litani gelwyddog a ddefnyddiodd i hudo Alys.

'Ydw, mi rydw i'n briod. Dydi hynny ddim yn gyfrinach. Ond dydi e ddim yn gyfrinach chwaith fod fy mhriodas i wedi torri lawr yn llwyr. Ydw, rwy'n dal i siario cartre gyda Janis. Ie, Janis yw enw fy ngwraig. Mae'r ddau ohonon ni wedi cytuno ar ysgariad. Dim byd yn gas, cofia. Mae popeth yn ddigon cyfeillgar. Rydyn ni jyst wedi . . . Wel, jyst wedi syrthio allan o gariad.'

Bron na allai Jim gydadrodd y litani gelwyddog gydag ef air am air. Yr hyn a frawychodd Jim fwyaf oedd y modd yr oedd wedi llwyddo, yn amlwg, i droi pen Sandra. Roedd ei waed yn berwi. Ceisiodd reoli'i hun. Gwelodd Sandra'n gadael; roedd y doctor yn eistedd wrth ei ddesg yn pori drwy ei nodiadau a gwên fach hunan-fodlon ar ei wyneb.

'Celwyddgi!' ebychodd Jim, a dychrynodd wrth glywed ei lais ei hunan.

Gwelodd Andrews yn sefyll yn ei unfan, fel petai wedi ei barlysu. Syllodd ar drosglwyddydd yr intercom, heb sylweddoli i ddechrau o ble y daethai'r cyfarchiad.

'Beth?'

'Celwyddgi!'

Sythodd eto cyn ail-droi at yr intercom.

'Pwy sydd 'na? Pwy sy'n chwarae triciau â fi?'

'Tro dy ben ac fe gei di weld. Ac nid chwarae triciau ydw i.'

Trodd y doctor yn araf a disgynnodd ei wep wrth iddo weld Jim Humphreys ar ei eistedd gyda gwên fuddugoliaethus ar ei wyneb.

'Ti! Ti, y diawl. Rwyt ti'n medru siarad! Rwyt ti wedi bod yn gwrando drwy'r cyfan. Wedi clywed popeth. Wedi gweld popeth. A nawr mae 'na berygl y byddi di'n dweud popeth.'

'Diagnosis perffaith, doctor. Ydw, rwy wedi clywed a gweld y cyfan. Rwyt ti ddim yn unig yn gelwyddgi, rwyt ti hefyd yn llofrudd.'

Daeth gwg i wyneb Andrews a rhyw chwyrniad isel i'w lais.

'Y bastard! Fe wna i'n siŵr na fyddi di ddim mewn cyflwr i adrodd yr hyn rwyt ti'n wybod i neb. Beth bynnag, fedrith neb brofi dim. Ti, yn arbennig.'

Agorodd y cwpwrdd cyffuriau a gafaelodd mewn bocs anghyfarwydd i Jim.

Cerddodd yn frysiog o'i stafell i mewn at Jim, yn cario nodwydd heipodermig yn ei law arall. Plygodd drosto cyn gwthio blaen y nodwydd i ffiol a dynnodd allan o'r bocs. Doedd Jim ddim wedi gweld yr enw oedd ar y bocs o'r blaen.

'Rwyt ti am fy lladd i fel gwnest ti ladd Alys, wyt ti?'

Gwenodd Andrews a daliodd y nodwydd i fyny cyn pwyso'n ysgafn ar blymiwr yr heipo. Saethodd ffrwd fach o'r cyffur allan.

'Na, nid dyma'r cyffur wnes i ei ddefnyddio ar Alys. Y

cyffur wnes i ei ddefnyddio arni hi oedd yr un wnes i ei ddefnyddio arnat ti. Llawer mwy o ddos, wrth gwrs.'

'Bedair gwaith y dos arferol.'

'Wel, wel, rwyt ti wedi bod yn fachgen bach craff. Cyn i ti fynd yn ôl i goma, mae'n ddyletswydd arna i fel doctor cydwybodol i dy hysbysu be dwi'n ei ddefnyddio arnat ti. Midazolam yw'r cyffur yma. Tawelydd yw e. Ond fe gei di fwy na'r mesur arferol. Dim gormod, wrth gwrs. Jyst digon i gawdelu dy ben di fel petai dy ymennydd di mewn cymysgydd sment. Fyddi di ddim yn gwybod pa awr o'r dydd neu'r nos fydd hi. Yn wir, fyddi di ddim yn medru gwahaniaethu rhwng dydd a nos. Fe fyddi di fel pysgodyn aur, gyda hyd dy gof ddim mwy na chwe eiliad. Hynny yw, fydd dy rwdlan di, os fedri di greu unrhyw synau, ddim yn gwneud synnwyr i ddiawl o neb.'

'Pam na wnei di roi digon i'n lladd i? Fe fydde hynny'n fendith i fi ac i ti.'

'Sdim angen. A beth bynnag, fe fyddai hynny'n wastraff. Fe wyddost ti mor dlawd yw hi ar y gwasanaeth iechyd y dyddiau hyn. Beth bynnag, dwi ddim wedi gorffen â ti eto. Mae gen i sawl arbrawf bach diddorol arall i'w wneud ar dy gorff ac ar dy feddwl bach diwerth di. Os gwnei di farw wrth i fi arbrofi arnat ti, wel dyna fe. Fe fyddi di wedi dy aberthu dy hun dros achos da. Fe fyddi di'n garreg filltir bwysig mewn datblygiad meddygol. Fe gei di farw a chael dy anfarwoli'r un pryd. Fe fydd dy enw di'n fyw mewn cyfrolau meddygol am byth.'

Damio! Rwy wedi neidio i mewn â'n nwy droed unwaith eto. Roedd yr hen Fagdalena'n iawn. Rwy'n llawer rhy fyrbwyll. Pwyll ac amynedd, ac yn y blaen. Fe ddylwn i fod wedi cyhuddo Andrews yng ngŵydd tyst, yr Inspector yna, er enghraifft. Nawr rwy wedi difetha'r cyfan.

'A dyma ti, Jim Humphreys, yn llwyr ar fy nhrugaredd

i heb neb i dy helpu. Dim teulu. Dim ffrindiau. Dim Helen. Neb. Dim ond fi.'

Cyn i Jim fedru symud, gwthiodd y doctor yr heipo i mewn i gnawd ei fraich a gwasgu'r plymiwr. Y peth olaf a welodd Jim cyn i'r niwl ei gario'n ysgafn ar wely plu i freichiau cwsg oedd crechwen fuddugoliaethus Doctor Andrews. Roedd Jim Humphreys wedi methu.

* * *

Alys, mae arna i syched. Alys! Ble mae Alys? Mae Alys wedi mynd i'r un man â Helen. Mae Alys a Helen gyda'i gilydd yn rhywle. A finne'r fan hyn. Heno, diolch i gyffuriau Martin Andrews, rwy ar fy ffordd yn ôl i'r union gyflwr ag oeddwn i pan ges i fy nghario i mewn yma fis yn ôl. Fe fedra i weld yn weddol glir. Fe fedra i glywed pob smic. Fe fedra i deimlo pob cyffyrddiad. Ac mae'r cof yn dal yn hynod glir. Eto fedra i ddim symud. Fedra i ddim siarad.

Ond hwyrach fod yna un peth fedra i ei wneud. Tybed a fyddai Helen yn fy nghlywed i petawn i'n gwneud? Rwy'n siŵr y gwnaiff hi glywed. Mae hi'n siŵr o glywed lleisiau'r nos yn ei phoeni a theimlo sibrwd gwag y gwynt yn ei hoeri.

Mae e, y doctor, yma nawr yn pwyso drosta i. Mae e'n anelu llafnau o oleuadau i fyw fy llygaid . . . Mae e newydd wthio nodwydd i gnawd fy mraich. Wnes i ddim symud. Fedra i ddim symud. Ond hyd yn oed pe medrwn i symud, wnawn i ddim, a hynny er mwyn sbeitio'r diawl. Mae e'n siŵr bellach fod ei gyfrinach e'n ddiogel. Mae e'n credu fod y cyfan wedi'i guddio yn fy meddwl bach colledig i. Ac mae e'n iawn. Yn iawn i raddau. Fedra i ddim dweud wrth neb, ond fe wn i'r cyfan.

Ond heno mae rhywbeth yn wahanol. Heno dwi ddim yn poeni. Heno dydi dewiniol dymp y nos ddim yn fygythiad. Ni fu'n fygythiad ers nosweithiau bellach. Unwaith y gwnes i gofio'r hyn ddigwyddodd ar y noson ofnadwy honno, fe dawelodd pethe. Hwyrach mai dod yma i brocio'r cof a wnaeth Helen. Hwyrach mai dyna oedd ei bwriad hi o'r dechrau. Hwyrach na fu hi'n fygythiad erioed. Dod yma oedd hi am ei bod hi'n fy ngharu. Ddaw hi ddim yma mwyach gan ei bod hi'n gwybod fy mod i'n sylweddoli dyfnder ei chariad. A nawr mae hi'n clywed y tonnau'n llusgo'r cregyn arian. Clywed siffrwd y lifrai sidan. Ac ydi, mae hi yno yn barod i ddod i'm cysuro. Tyrd, ysbryd y nos.

Fe fedra i weld bys hir y cloc yn tician, yn cripian yn araf tuag at ei gymar byrrach. Bys yn cyffwrdd bys. Hunllef yn cyffwrdd hunllef. Ond nid fy hunllef i fydd hon. Mae hi bron iawn yn hanner nos. A medraf, fe fedra i glywed, o'r pellter, sŵn slwtsian yn dynesu ar hyd y coridor. Mae e'n nesáu. Slwtsh! Slwtsh! Ddim mor uchel ag arfer. Ond mae e'n dynesu. Ac mae Andrews wedi clywed rhywbeth hefyd. Mae e'n diffodd y golau a fu'n tywynnu'n ddwfn fel cleddyf i ddyfnder fy llygaid. Mae e'n troi i edrych at y drws.

Mae sŵn y slwtsian yn uwch erbyn hyn. Yna mae'n tawelu am eiliad fel petai pwy bynnag sy'n gyfrifol am y sŵn yn disgwyl am eiliad i'r drws agor yn awtomatig. Mae Andrews siŵr o fod yn teimlo'n gymysglyd. Does neb ar ddyletswydd yn y ward bellach. Dim ond Andrews.

'Hylô, pwy sy 'na?'

Mae Andrews yn dechrau swnio'n ansicr ohono'i hun. Peth newydd iawn iddo ef.

'Hylô, oes yna rywun yna?'

Oes, mae rhywun yna. Ond ddim yr ymwelydd a arferai ddod yma'r adeg hon o'r nos. Sut ydw i'n gwybod hynny? Alla i ddim esbonio'r peth. Rhyw sicrwydd, dyna i gyd. Na, does arna i ddim ofn heno. Na, heno fe wna i gadw fy *llygaid led y pen yn agored. Rwy am flasu'r cyfan. Ddim i fy ngweld i mae'r ymwelydd yn dod heno. O, na. Rhywun arall sy'n dod yma heno. Rhywun arall sy'n dod i weld rhywun arall.*

Sh! Fe fedra i glywed sŵn y drws yn agor. Rhyw ochenaid isel fel sŵn rhywun sy'n dioddef, rhywun sydd wedi canfod ei ffordd adre ar ôl teithio'n bell. Os wna i gulhau fy llygaid fe fedra i weld y drws yn agor yn araf bach, bach. Mae Andrews erbyn hyn wedi camu'n ôl yn erbyn y wal. Mae e â'i gefn yn glòs i'r pared. Fedr e ddim cilio ymhellach. Mae e'n syllu tuag at y drws. Mae e'n profi bellach yr arswyd wnes i ei brofi dros yr wythnosau diwethaf hyn. Ond dwi ddim yn teimlo unrhyw arswyd heno.

Mae'r drws awtomatig nawr yn agor yn araf. Erbyn hyn mae e led y pen yn agored ac mae rhywun yn sefyll yn stond o fewn sgwaryn ffrâm y drws. Mae'r golau y tu ôl i'r ymwelydd mor gryf fel na fedra i weld pwy sydd yna. Ond er na alla i ei gweld hi, fe alla i synhwyro pwy sydd yno. Yna mae hi'n llithro'n araf i fewn i'r golau. Na, nid yr ymwelydd arferol sydd yma. Mae hon yn ymddangos yn dalach. Mae gan hon ben ar ei hysgwyddau. Mae ei llygaid hi'n goch gan waed. Mae nodwydd heipo waedlyd yn hongian allan o'i braich chwith. Mae cynhwysydd yr heipo yn llawn gwaed. O'i ffroenau a'i cheg mae gwaed yn llifo ac yn lledu'n staen dros ei mynwes. Mae'r Peth yn sefyll ar y trothwy ac yn syllu ar Martin Andrews, y gwefusau'n lledu ac yn agor. Mae'r Peth yn gwenu. Mae gwynder y dannedd yn sefyll allan yn glir yn erbyn cochni'r gwaed, sy'n diferu i lawr o'i llygaid ar hyd ei gruddiau gan eu troi'n wridog, yn fwy gwridog na gruddiau cariadferch.

Erbyn hyn, wn i ddim beth y mae Andrews yn ei wneud. Mae e wedi hen gilio i'r gornel y tu ôl i mi. Mae e'n ceisio

cuddio. Fe fedra i synhwyro'r ofn sy'n cyniwair drwyddo.
Mae gen i hen brofiad ohono fy hun. A nawr dwi'n clywed
yr ofn sydd yn ei lais, ofn sydd bron iawn â chloi ei wddf.

Na, Alys. Na. Fedr hyn ddim bod yn wir. Rwyt ti wedi
marw.

Wrth gwrs ei bod hi wedi marw, y bastard. Does neb yn
gwybod hynny'n well na ti, Andrews, gan mai ti a'i
lladdodd hi. Ond a ŵyr hi hynny, tybed? Na, mae hi'n dal
mewn cariad â thi, Andrews. Dyna pam mae hi wedi dod
'nôl. Dyw hi ddim am dy golli di. A wnaiff hi ddim. Ti yw
ei chariad. Mae hi am ddal ei gafael. Mae hi'n cario dy
blentyn di. Ti fydd ei chariad yn oes oesoedd Amen.

Mae'r Peth yn dal i symud yn araf tuag atom, ond ar
Andrews yn unig y mae'r llygaid yn syllu. Llygaid cochion,
llygaid llawn gwaed, a'r rheiny'n syllu i bâr o lygaid eraill,
llygaid ei chariad. Mae'r Peth yn gwenu. Mae cochni'r
gwaed yn gwneud i'w ddannedd ddisgleirio fel talpiau o
rew. Mae'r Peth yn lledu ei breichiau mewn osgo o groeso,
osgo o gariad. Mae'r Peth yn symud yn araf tuag at Martin
Andrews ac yn ei gofleidio mewn aduniad oer. A hwnnw'n
aduniad anwahanadwy a fydd yn para y tu hwnt i angau.

Martin, fy nghariad i. Fe ddwedes i na wnawn i byth dy
adael di. A nawr fe fyddwn ni gyda'n gilydd am byth. Fi
a ti a'r babi.

Mae Andrews yn sgrechian. Ond all neb ei glywed. Dim
ond fi. A'r Peth. Fe wna i eu gadael nhw'u dau i gofleidio
yn awr. Wn i ddim sut olwg fydd ar Andrews erbyn y bore.
Wn i ddim a fydd e'n fyw, hyd yn oed. Fe fydd hi'n
ddiddorol beth fydd esboniad yr arbenigwyr am ei gyflwr.
A fedr neb fy meio i. Rwy'n gwbl ddiymadferth yma yn fy
ngwely. Fedra i ddim symud na llaw na throed, fel y gŵyr
pawb ohonoch chi'n dda. Ac os na chredwch chi fi, yna
darllenwch nodiadau meddygol Andrews. Mae'r cyfan
yno.

Ond fe wnaeth Andrews glamp o gamgymeriad drwy beidio fy lladd i. Doedd e ddim yn credu fod angen iddo wneud hynny. Pwy oeddwn i? Fedrwn i ddim symud na llaw na throed. Fedrwn i ddim siarad. Ond wyddost ti, Andrews, fod yna un peth fedra i ei wneud? Wyddost ti beth yw hwnnw? Wel, Andrews, fe fedra i chwibanu. Ac fe wnes i chwibanu gynnau fach. Os wyt ti angen rhywbeth, jyst chwibana. Ac fe wnes i. O, do. Ac fe glywodd Helen y chwibaniad. Fe wyddwn y gwnâi hi. Ac fe wyddwn i y byddai Helen yn deall, yn gwybod beth i'w wneud. Fe ddangosodd hi'r ffordd i Alys.

Yn sydyn rwy'n teimlo fy mod i wedi blino'n lân ac mae angen cysgu arnaf. Ac fe wna i hynny nawr. Fedr sgrechian Andrews na dim byd arall fy atal i rhag cysgu heno. A fedra i ddim meddwl fod yna unrhyw un a fyddai'n gwarafun i mi ychydig o gwsg am unwaith. Ydw, rwy wedi cyflawni llawer o bethe drwg yn ystod fy mywyd. Fedra i ddim gwadu hynny. Ond rwy'n llawn haeddu noson o gwsg. Dim ond un noson o gwsg. Fyddai neb yn gwarafun hynny i mi. Ddim hyd yn oed fy ngelyn pennaf. Ddim hyd yn oed Doctor Andrews.

Nos da, Andrews. Nos da, Alys. Nos da, Helen, fy nghariad gwyn i.